# secdede son nefes

HALİT ERTUĞRUL



NESİL

*Eğitimci-yazar Dr. Halit Ertuğrul, Adıyaman'ın Besni ilçesinin Şambayat Nahiyesinde dünyaya geldi. İlkokulu doğduğu yerde, ortaokul ve öğretmen okulunu da Kırşehir'de okudu. Niğde Eğitim Enstitüsünü bitiren Dr. Halit Ertuğrul, daha sonra Gazi Eğitim Fakültesi, Eğitim Bilimleri Bölümü, Eğitim Yönetimi ve Denetimi Anabilim Dalı'ndan da mezun oldu.*

*Cumhuriyet Üniversitesi, Kamu Yönetimi, Yönetim Bilimleri Bölümü'nde YÜKSEK LİSANS; Sakarya Üniversitesi, Sosyoloji Bölümü'nde de DOKTORA çalışmalarını tamamladı.*

*Yurdun çeşitli yerlerinde ilkokul öğretmenliği, okul müdürlüğü, Millî Eğitim Şube Müdürlüğü ve Millî Eğitim Müdürlüğü görevlerinde bulundu. Millî Eğitim Bakanlığı merkez teşkilâtına geçerek, Kurul Uzmanı ve Bakan Danışmanı olarak çalıştı.*

*Çeşitli üniversitelerde yöneticilik ve öğretim üyeliği yapan Dr. Halit Ertuğrul, yurt içi ve yurt dışında çeşitli bilimsel ve kültürel faaliyetlere katıldı.*

*Meslek hayatı boyunca, eğitim ve kültür alanında elliden fazla kitapları ve çok sayıda da makale ve yazıları yayınlandı. Kitapları sayısız ödül aldı ve çeşitli dillere çevrildi. Ayrıca, kitaplarının bazıları da Milli Eğitim Bakanlığı ve Emniyet Genel Müdürlüğü tarafından tavsiye edildi.*

*Bugüne kadar yaptığı çalışmalardan dolayı çok sayıda ödül alan Dr. Halit Ertuğrul, ayrıca yılın öğretmeni seçildi.*

*Eğitimci-yazar Dr. Halit Ertuğrul, kitaplarının çok yoğun bir şekilde ilgi görmesi nedeniyle, her gün okuyucularından onlarca mektup, mesaj, telefon ve e-mail almaktadır.*

*Bilimsel ve kültürel faaliyetlerini sürdüren Dr. Halit Ertuğrul, Öğretmede Yeni Teknikler, Öğrenmede Yeni Teknikler, Çocuk Eğitiminde Yeni Teknikler, Günümüzde Gençlik Problemleri ve Çözümler, Aile İçi Eğitim gibi konularda konferanslar vermektedir.*

*Dr. Halit Ertuğrul evli ve iki çocuk babasıdır.*

## HALİT ERTUĞRUL

www.halitertugrul.com • e-mail: halitertugrul1956@gmail.com

### YAYINLANMIŞ ESERLERİ

- Kendini Arayan Adam
- Kendimi Buldum
- Bir Deprem Mucizesi: Düzceli Mehmet
- Buna Yürek Dayanmaz: Aysel
- Aşk Böyle Yaşanır
- Yeni Bir Hayat
- Dünyayı Ağlatanlar
- Uçurumdan Dönüş
- Sorunlar – Öneriler: Gençlik Mektupları
- Adım Adım Evlilik
- Hayatın En Önemli İşi: Ailede ve Okulda Çocuk Eğitimi
- Kültürümüzü Etkileyen Okullar
- Dünyama Bahar Geldi
- Eğitimde Bediüzzaman Modeli
- Kendimizi Nasıl Yetiştirelim
- Öğrencinin Başarı Kılavuzu
- Öğretmenin Başarı Kılavuzu
- Siz Kimsiniz?
- Çocuğumu Bana Verin
- Bir Gözyaşı Seli: Selim ve Hande
- Kitap Okumada Yeni Teknikler
- Bilimsel Çalışmada Yeni Teknikler
- Bir Duygu Fırtınası: Canan
- Mazlumun Ahı: Emre
- Okuyuculardan İbretli Mektuplar
- Günümüzden Hizmet Öyküleri
- Öğretmenlerden Hizmet Öyküleri
- Kendini Arayan Kadın
- Aradığını Bulan Kadın
- Gizemli Davet
- Üniversite Sınavını Nasıl Kazandım?
- Gençlik Sorunları ve Çözümleri
- Şark Kızı
- Son Umut
- Örnek Hayatıyla: Herkesin Öğretmeni Hz. Muhammed (a.s.m.)
- İnsanlığa Adanmış Bir Ömür Said Nursî'nin Destanlaşan Hizmeti
- Namazla Gelen Mucize: Ezanla Diriliş
- Ateşte Yeşerdim
- Kendinizi Keşfe Var mısınız? 21 Adımda Hedef 12
- Bir Gençlik Dramı: Sevda
- Her Yönüyle Örnek Öğretmen
- Anne Baba Notunuz Kaç?
- Secdede Son Nefes

# ÖNSÖZ

Her gün okuyucularımdan onlarca mektup ve mesaj almaktayım. Gerçek hayattan alınmış bu kitabın konusu da, onlardan birisidir.

Bu hayat hikâyesi öylesine ibretli derslerle doluydu ki; ilk okuyuşta, kelimenin tam anlamıyla çarpılmıştım.

"Bu mutlaka kitap olmalı", diye geçirdim içimden... Derhal yazıyı gönderen okuyucumla temas kurup, hayat öyküsünü dinleyince de; "Allah'ım! Olamaz böyle bir şey!" diye inledim, hayret ve şaşkınlığımı gizleyemeyerek...

İşte insanın kanını donduran, aklını uçuran bu şaşırtıcı hadiseler kitap haline geldi:

SECDEDE SON NEFES...

Gerçek bir hayattan alınan bu eser, bir anılar bütünü ve bir mesaj çalışmasıdır. Edebiyat kaygısıyla şahcser olma iddiası içinde yazılmamıştır. Bu sebeple SECDEDE SON NEFES isimli bu kitap, hikâye yahut romanın edebî kıstaslarıyla değerlendirilmemelidir.

Ayrıca kitabın genel anlamdaki hedef kitlesi, ilköğretim ve lise öğrencileridir. Bunun için de anlaşılır ve sade bir üslup kullanılmış, cümleler kısa tutulmuştur.

Gençlerden yaşlılara, evlilerden bekârlara, patronlardan işçilere her kesim bu kitabı mutlaka okumalıdır.

Hepsine de yetecek derecede hayatın gerçekleri ve ibretli örnekler vardır.

Gözyaşlarına dayanabilenler, buyurun...

## Birinci Bölüm

# HER ŞEY BİR YANGINLA BAŞLADI

### CAN PAZARI

Bütün koğuşlara sinsi bir yılan gibi dalan acı bir ses, duyanların yüreklerini ağızlarına getiriyordu:

-Yangın var, yangın var...

-Kalkın, uyandırın arkadaşlarınızı...

-Çabuk olun, canınızı kurtarın...

-Yanıyoruz... Yanıyoruz...

Bu feryadın dehşet dolu paniğiyle yataklarımızdan fırlayınca, genzimizi zehir gibi yakarak ciğerlerimize dolan dumanın amansız boğuculuğu içinde, neye uğradığımızı anlayamamıştık.

Kulakları parçalayan çığlıklarla çaresizlik içinde çırpınan öğrenciler, koğuşlarında tam bir can pazarı yaşıyorlardı.

Daha da korkuncu, herkes kesilmiş elektriklerin zifiri karanlığında bir cehennem çukuruna düşmüş gibi birbirlerine sarılıp ölümün ürpertici dokunuşlarını bütün hücrelerine kadar hissetmeye başlamıştı. Sanki Azrail, elini çelik bir mengene gibi boğazlara kilitlemiş, bütün beyinlerde ölüm bombaları patlatıyordu.

Büyük bir gürültüyle uyanan her öğrenci, dumanın nefessiz bıraktığı öksürüklerle birkaç adım atamadan yere düşerek, kendisini çaresizliğin kollarına bırakıyordu. Daha atik ve daha dirençli olanlar ise, bir çıkış yolu bulabilmek için kapıları zorluyor, pencerelere hücum edip camları kırarak kendilerini dördüncü kattan aşağıya bırakarak, hayat umutlarını da beraberlerinde yok ediyordu.

-Anneciğim, boğuluyorum!..

-Babacığım ölüyorum!..

-Yardım eden yok mu?

-İmdat, yetişin!..

Nice toz pembe hayallerle hayatı kucaklamış ana kuzularının; ciğerleri parçalayan, kalpleri yerinden söken, yüreklere ateş düşüren bu canhıraş çığlıkları duvarları aşıp sokaklara ve caddelere ulaşmıyordu.

Gencecik bedenlerin telef olduğu bu dehşet gecesinde kimse kimseyi duymuyor, kimse kimseye yardım edemiyordu. Ölüm ve kalım arasında kahredici bir dramın yaşandığı bu öğrenci yurdunda, gençler birbirlerini ezip geçerek, bir an önce kendilerini dışarı atmanın savaşını veriyorlardı.

Hayatımda ilk kez düştüğüm böylesi bir cehennemden kurtulmak için, bayılıp yere yığılanların bedenleri üstünden düşe kalka atlayarak, kendimi bir anda dışarıda bulmuştum.

Ancak ciğerlerime dolan dumanın bıçak gibi nefesimi kesişine daha fazla dayanamayarak cadde üzerindeki karların üzerine bırakmıştım kendimi... İliklere işleyen buz gibi havada, var olma mücadelesi veriyordum.

Ah bir nebzecik nefes... Boğuluyorum... Ne olur Allah'ım! Bir soluk... Meğer bir zerrecik havanın insan hayatı için ne kadar önemli olduğu böyle bir zamanda anlaşılıyormuş... Bir nefes için neler verilmezmiş ki Rabbim!

Yarım metrelik karın üzerinde onlarca arkadaş bir yudumluk nefes için can çekişiyorlardı. Orası sanki bir cadde değil, gecenin amansız soğuğu içinde gencecik hayatlara can pazarı olmuştu.

Allah'ım! Bu nasıl bir felaketti... Katlardan atlayanlar, ayakaltında ezilenler, karanlıkta köşelere sıkışıp kalanlar, elini, ayağını, kolunu kaybedenler, son bir özlemle anne babasına veda çığlıkları atanlar...

Bu ürpertici tablo ciğerleri dağlıyor, kalbe hançer gibi dalıyor, umutları bitiriyor ve hayalleri kül ediyordu. Buna ne kulaklar, ne yürekler ne de vicdanlar dayanırdı. Bu öyle acı dolu gerçek bir filmdi ki; ancak yaşanır, asla anlatılamazdı.

Çok sürmeden orası bir mahşer yerine dönmüştü. İtfaiyeler, ambulanslar, kurtarma ekipleri, mahalleli vatandaşlar, yardım için koşup gelen insanlar tam bir karmaşa oluşturmuşlardı. Her kafadan bir ses çıkıyor, kimin ne yaptığı belli olmuyordu.

Yurdun çatı ve pencerelerinden düşen ateş parçaları etrafı aydınlatmaya başlayınca, kız yurdunda yaşanan cehennem bütün haşmetiyle gözler önüne serilmeye başlamıştı.

Ölümün o soğuk dokunuşları içinde, bilmem annem babam kaç kez gözümün önünden gelip geçmiş, kaç kez gençlik hayallerim yerle bir olmuş ve kaç kez özlem ve hasretim yanıp kül olmuştu.

Hayatımı birer birer yakan bu veda sahneleri, bir kor gibi ta iliklerime kadar girip bütün dünyamı enkaza çevirmişti.

Beni gözleri gibi koruyup kollayan ailemden uzak, çaresizliğin acımasız pençesinde bir umut, bir ışık arıyordum.

Gecelik kıyafetimle yarım metre karın içinde, çıplak ayaklarımla üşüme nedir bilmeden bir kenar mahallesine yapılmış olan kız yurdundan bir an önce uzaklaşmaya çalışıyordum.

Genellikle gariban insanların oturduğu toprak evlere doğru koşmaya başlamıştım. Öylesine bir panik ve korku içindeydim ki, sanki arkamı dönsem, gözümde bir ejderhayâ dönen alevlerin beni yutacağından korkuyordum.

Genellikle tek katlı ve toprak evlerin sıralandığı gecekonduların içine dalınca, kendime bir hedef belirlemek için bir elektrik direğine dayanıp soluklanmaya başlamıştım. Ne hale geldiğimi de o zaman fark etmiştim.

Aman Allah'ım! Tam anlamıyla savaştan çıkmış perişan bir zavallıyı andırıyordum. Sağ kolum yırtılmış, bacaklarımdan akan kanlar ayakkabılarıma dolmuş, kafamı çarptığım yerlerden çeneme doğru yürüyen sızıntılar, sildikçe akmaya devam ediyor. Hele sırtımdaki yanık dayanılır gibi değildi.

Üzerimdeki parçalanmış gecelikle bir adım atmama bile imkân yoktu. Beni görenlere karşı kendimi bu halimle nasıl gizleyecektim?

Yaralarımın dayanılmazlığı ve gecenin dondurucu soğuğu bıçak gibi bedenimi doğramaya başlamıştı. Eğer sığınacak bir yer bulamazsam yarım saat bile dayanamayacağımı biliyordum. Yangın felaketinden kurtulmuştum ama kışın insafsız pençesinde, aslanın ağzındaki masum bir kuzu gibi ölümümü beklemeye başlamıştım.

## HAYATIMIN SÜRPRİZİ

Kenar mahallesinin sakinlerinden bazıları kapı önüne çıkmış bu felaketi seyrediyor, bazıları da yardım için ellerine geçirdikleri kazma, kürek, kova ve hortumlarla yardıma koşuyorlardı.

Anadolu insanının bu yardımseverlik yarışı, bütün acılarımı unutturan duygu dolu bir iklim oluşturmuştu içimde... O gariban insanların çaresizlere çare olmak için çırpınışları ömür boyu beynimde silinmeyecek izler bırakmıştı.

Artık parmaklarımdan başlayarak bacaklarıma doğru hızla ilerleyen uyuşukluğun bir ölüm habercisi olduğunu hissedince az ilerideki tek katlı toprak eve doğru son direncimle ilerlemeye başlamıştım. Benim bu dramatik halimi pencereden görmüş olduğunu tahmin ettiğim yaşlı bir hanım dışarı fırlayıp kuşlar gibi kollarını açarak hasretli bir anne şefkatiyle;

-Evladım, yavrum, diye beni kucaklamaya başlamıştı.

Şu haline bak kuzum, sen donmuşsun, gel hele içeriye gel. Canım kurban olsun sana selvi boylum. Burası güvenilir bir yerdir, kendi evin belle melek yüzlüm.

Yüreğinde binlerce annenin sevgi ve merhamet kıvılcımları uçuşan bu hanım beni bir çocuk gibi sarıp sarmalayarak evine taşımıştı.

Teneke sobasında tezeklerin yandığı, eski minderlerin ve yastıkların sıralandığı bu tek katlı toprak evin odasına girince, gözlerime inanamadığım bir manzarayla karşılaşmıştım. Odadaki tertip düzen ve temizlik öylesine göz alıcıydı ki, bu yaşlı hanımın yüreğindeki güzellik adeta odaya yansımıştı.

Oturmaya kıyamayacak kadar bakımlı ve etkileyici olan bir sedirin üzerine beni yatırmıştı. Sanki öz evladını ölümün pençesinden kurtarmanın derin acısıyla dizlerine vura vura feryat, figan içinde çırpınıyordu. Hele ağzından savrulan sevgi ve şefkat sözcükleri, insanın içine işliyor, manevi bir ilaç gibi ruhunu mest ediyordu.

Dayanılmaz acıyla karşı konulmaz soğuğun ruhumu yakıp bitirdiği o hengâmede, kalbi merhametle dolu bu kadına rastlamasaydım halim ne olurdu Allah'ım?

Teneke sobanın Ağustos sıcağına çevirdiği odada, bir doktor, bir hemşire titizliğiyle üzerimdekileri çıkarmaya başlamıştı. Bir taraftan üstesinden gelemediğim titremelerimi durdurmak için ellerimi ve ayaklarımı ovuyor, bir taraftan da tecrübeli bir sağlıkçı edasıyla yaralarımı temizlemeye çalışıyordu.

Bu mütevazı fakirhanede her türlü pansuman gereçlerinin bulunuşuna çok şaşırmıştım. Hele de yaşlı teyzenin bilgi ve deneyimine... Ya yüreği? İşte beni asıl ısıtan ve asıl tedavi eden de orasıydı

Ömrüm, her şeyin parayla satın alındığı varlıklı bir ailede geçmişti. İhtiyaç nedir bilmediğim hayatımda, her istediğime kavuşan ve her arzu ettiğimi elde eden birisi olarak, içten sevgiye ve samimi kucağa ne kadar muhtaç olduğumu yeni keşfediyordum. Paralı hizmetçilerin arasında geçen çocukluğumda ne böyle bir şefkat, ne de böyle bir gönülden ilgiyle karşılaşmıştım.

Yaşlı teyze bir taraftan "Kurbanı olduğum kızım, çok mu acıyor?" diye saçlarımı okşuyor, bir taraftan da donmuş yüzümü ısıtmak için nur gibi ışıltılar yansıyan yanaklarını tenime sürerek içimin yangınını söndürmeye çalışıyordu.

Zenginliğiyle insanların gözünü kamaştıran, hizmetçilerin, bakıcıların birbiriyle yarıştığı ve herkesin gıpta ettiği aile hayatı içinde bulamadığım bu eşsiz yakınlığı ve tarifsiz yardımseverliği; üç beş eşyadan başka bir konforu olmayan toprak sıvalı, tezek kokulu, eski bir teneke sobayla ısıtılan iki odalı bu mütevazı bir Anadolu evinde bulmuştum.

Başımda, yıllardır evlat yolu gözlemiş bir annenin hasreti içinde çırpınan yaşlı kadın, gözlerini hiç gözlerimden ayırmadan, sahip olduğu tek emanetiymişim gibi sarıp sarmalıyordu.

-Korkma evladım, bir şeyin yok. Ben seni kendi ellerimle tedavi ederim. Hem şimdi hastaneye götürecek bir imkân da yok. Götürsek de orası ana baba günü gibidir. Kimse sana benim gibi bakamaz.

Gözlerinden saçılan bu inanılmaz sevgi denizine öylesine dalmıştım ki, karşımdaki bu hanımın bir insan mı, yoksa bir melek mi olduğunu düşünüyordum.

Bakışlarımdaki "Siz kimsiniz?" sorusunu anında yakalamış olmalı ki derhal atıldı:

-Doğru ya, dedi. Telaştan ne senin adını sordum, ne de ben kim olduğumu söyledim.

Beni yüreğine sokarcasına üzerime doğru yavaşça eğildi. Sanki konuşurken bile beni incitmek istemiyordu.

-Evladım, dedi. Ben emekli hemşireyim, adım da Fatma. Eşimi yıllar önce kaybettim. Ardından merhametsiz insanlar başımıza üşüştü, kocanın borçları diye... Elimizde avucumuzda ne varsa hepsini aldılar. Tek çocuğumla bu insafsız hayata karşı mücadele ettim, sonunda bu küçük eve sahip oldum. Şimdi oğlumla birlikte Allah'a şükredip yaşıyoruz.

Gözlerimin içinde yeniden kaybolup gitmişti. Hayatında yaşadığı neleri gördü de başını hazince salladı, bilemiyordum.

Kaşlarını tatlı bir şekilde çatıp devam etmişti.

-Burası çok güvenli bir yer evladım. Bu mahalleyle bir aile gibiyiz. Hiçbir insana burada zarar gelmez. Hepsi de insaf sahibi hayırsever kişilerdir. Rahat ol. İyeleşene kadar bizim misafirimizsin.

## BU BİR MELEK OLMALI

Onca acıyı, paniği, tedirginliği unutturan bu yaşlı, melek hanımın kim olduğunu artık merak etmiyordum. Çünkü o, insanlar içinden süzülmüş bir Hızır, bir evliya olmalıydı. Böyle bir insana misafir olmak, Allah'ım, benim için ne büyük bir şans, ne büyük bir şerefti.

Bir sevgi ummanını andıran o büyülü bakışlarından kendimı alamıyordum. Rabbim! Bir insan bu kadar mı karşısındakini etkiler, bu kadar mı dostluk ve iyi niyet mesajları verirdi? İnsan ona baktıkça rahatlıyor, bütün elem ve dertlerine sihirli bir ilaç sürülmüş gibi huzur buluyordu.

-Evladım, ya sen kimsin?

Bu soruyu öylesine içten ve yürekten sormuştu ki, sanki asırlar ötesinde kapısını çalan, beklediği harikulade bir Allah kuluna beni benzetmek ister gibi bir çabası vardı.

Ne yazık ki, bu dünyalar iyisi insana karşı vereceğim bir cevabım yoktu benim. Geldiğim yer ve yaşadığım hayatımda buralara layık en ufak bir meziyete sahip değildim.

Başımı hüzünle yana çevirerek:

-Adım İlkay, diyebildim yalnızca.

Arkasını getiremedim. Zaten bu anlayışlı hanım da bunun bir nedeninin olması gerektiğini düşünerek üstelemedi.

Yaşadığım bunca akıl almaz olaylar içinde daldım gittim. Başıma gelenlere inanamıyordum.

Ben ki ünlü bir iş adamının kızı ve hayatı boyunca yokluk, çaresizlik, keder görmemiş birisiydim. Hayatım bolluk ve varlık içinde geçmişti. Her istediğime kavuşmuş ve her dediğim yerine getirilmişti. Dadılar eliyle büyütülmüş, özel okullarda okumuş, seçilmiş hocalardan ders almıştım. Daha çocuk yaşta hayatıma yön verecek bilge bir sekreterim ve şoförüm olmuştu. Gezmediğim şehir, gitmediğim ülke ve görmediğim turistik bölge kalmamıştı.

Ömrümde hiç yokluk, çaresizlik ve imkânsızlık diye bir şey görmemiştim. Zengin baba evinde, çağdaş ve özgür bir ruhla büyümüştüm. Gelenek ve göreneklerden uzak, bağnaz ve tutucu kuralların yer almadığı bir dünya içinde başına buyruk birisi olup çıkmıştım.

Oldum olası din ve din adamlarını hiç sevmeyen babamın bu ruh hali bütün ailemizi etkilemişti. Belki de iş arkadaşı ve ortağının bir Yahudi olmasının, Müslümanlara karşı soğuk davranmasında etkisi olmuştu. Ama onlar kendi dini değeri olan gün ve aylarda oldukça dinlerine bağlı olmalarına rağmen, bizim dini açıdan özel bir günümüz veya gecemiz hiç olmamıştı.

Paranın ve imkânların sel gibi aktığı bu göz kamaştırıcı dünyamızda, iki şeyin sürekli yokluğunu ve hasretini çekmiştim;

Sevgi ve vefa...

Paranın kulu ve kölesi olan bu insanların içinde saf, temiz bir sevgi, duru ve gerçek bir vefa izi yoktu. Bunun için de o dünyanın soğuk, resmi ve menfaatin tek geçer akçe olduğu yaşamından çabuk bıkmıştım.

Babam beni lise sonrası Fransa'da okutmuştu. Akademik çalışmalarımı da orada yapıp bir bilim insanı olmamı çok istemişti. Ama ben bunu reddetmiştim. Çünkü ben cebi dolu, ruhu boş, sevgisiz insanlardan bıkmıştım. Bir arkadaşımın ısrarlı tavsiyesiyle, Anadolu'nun küçük bir iline gidip oradaki yoksul ve gariban insanları tanımaya karar vermiştim. Çünkü bana gerçek dostluğun, dürüst yaşamın ve içten sevginin oralarda yaşandığını söylemişti. Ben de zaten bunların hasreti içindeydim.

## ANADOLU SEVDASI

İşte bu sevda beni buralara getirmişti. Özel ellerde, özel evlerde, özel arabalarda lüks bir hayatın prensesi olan ben böylece bir maceraya atılmıştım.

Babamın "Beni dinlemezsen seni evlatlıktan reddederim." diyecek kadar tavır koymasına rağmen, onu dinlemedim.

Geleli bir yıl olmuştu. İşletme Fakültesinde yüksek lisans yapıyordum. Daha doğrusu okuma görüntüsü altında, yıllardır hasretle aradığım doğruluk ve dürüstlük ikliminde sihirli ve mutlu bir dünya arıyordum.

Halkla iç içe olabilmek için, o şehrin üniversitesine ait olan devlet kız yurdunda kalmaya başlamıştım. Babamın yine, bütün imkânları önüme serip özel bir evde, dadı ve hizmetçilerin yanında kalmam isteğini de kabul etmemiştim.

Anadolu kızlarının içine karışıp onlarla birlikte tanımadığım bir hayatın büyüsünü yaşamak istemiştim.

Öyle de yaptım.

Üniversitede okuyan fakir, gariban ve yoksulluk içinde ömrü geçen kızlarla çabuk kaynaştım. Onların temiz ve saf dünyalarını tanıdım. Belki onların paraları, imkânları yoktu ve hiç bolluk içinde yaşamamışlardı. Ama dostluk ve arkadaşlık denince esrarlı dünyalarındaki doyumsuz sıcaklık beni benden alıyordu.

İşte daha bu büyülü dünyanın tadını almadan, kış ayının insanı donduran soğuğu içinde cehennemî bir yangınla kendimi sokakta bulmuştum. Dondurucu soğuğun avuçladığı kar cehenneminde donmak üzereyken, karşıma iyilik meleği emekli hemşire Fatma Teyze çıkmıştı.

Bütün bunlar hayal miydi, yoksa rüya mı görüyordum? Ne kadar gerçek olduğunu öğrenmek için elimle Fatma Teyze'ye dokundum. Dünyalar iyisi ve ruhunda sevgiden başka bir şey barındırmamış olan yaşlı kadın, bir şey söyleyeceğimi sanarak hemen yanıma diz çöküp üzerime şefaatle eğildi;

-Kurban olayım, bir şey mi istedin?

İnsanın bütün duygularını ayağa kaldıran o efsunlu bakışların içine attım kendimi. Bir ömür orada çıkmamak için nelerimi vermezdim ki Allah'ım!

Bir an olsun beni bırakmıyor, etrafımda pervane olmuş, dönüyordu.

-Şimdi sen acıktın da kuzum. Hadi de bakalım ne yersin? Sımsıcak bir çorba... Bazlamayı da yeni yapmıştım. Yanında da halis bir pekmez var. Söyle ne istersin evladım, hadi ne olur?

Önce sana bir güzel ıhlamur kaynatayım... Sonra da şifa olacak bir karışım... Sabah seni ayağa kaldırır inşallah, hiç merak etme yavrum.

Ah neler neler Allah'ım!

Ömrümde böyle bir ilgi, böyle bir yakınlık, böyle bir dostluk görmemiştim.

Ne diyeyim Fatma Teyze sana, ne diyeyim? Diyeceğim şu ki, mutluluk diye maddeye sarılanlar, gelip de senin şu ruh ummanında şifa bulsunlar.

Heyecanı, tedirginliği ve merakı bir türlü yatışmıyordu:

-Biraz ısındın mı kuzum?

-Isındım teyze, hem de çok.

Hem de öyle bir ısınmıştım ki, bedenimin ısısını duymuyordum bile. Çünkü ruhuma dolan tarifsiz manevi bir ısı, acılar içindeki vücuduma bir ilaç gibi geliyordu.

-Ağrıların biraz dindi mi evladım?

-Çok iyiyim teyze, hiç üzülme sen.

Tülbendinin çevrelediği pırıl pırıl yüzün aydınlığı, bakışlarının büyüsüyle birleşince beni alıp gizemler diyarına götürüyordu. Yıllardır, aradığım huzur, dostluk ve vefa buydu işte...

Bunu ailem ve özellikle de babam bir türlü anlayamamıştı. Çünkü onlara göre mutluluk, para, güç ve servet demekti.

Gecenin bu vaktinde derme çatma bu küçük toprak evin doyumsuz ikliminde, teneke sobada yanan hayvan gübresinin sıcaklığında dertlerimi unutmuştum.

Fatma Teyze'nin evde sergilediği yakınlık o kadar göz kamaştıran ve hayret uyandıran bir şeydi ki, dünyanın dört bir yanında ve en lüks yerlerinde aradığım insanlık değerlerini Anadolu'nun iki odalı mutluluk dağıtan evinde bulmuştum.

Sabaha doğru ağrılarım artmaya başlamıştı. Fatma Teyze'nin müdahalesi, oldukça açılmış olan yırtıklar için yeterli olmamıştı. Uyuşturucunun tesiri geçince her tarafım zonklamaya başlamıştı.

Benim içinde bulunduğum halimi babam duysa şehri ayağa kaldırırdı. Bu nedenle babamı aramaya niyetim yoktu. Ama yangın esnasında çeşitli yerlerinden yaralanan vücudumdaki sızılar da dayanılmaz bir hal alıyordu.

Fatma Teyze acılar içinde kıvrandığımı görünce telaşı büsbütün artmıştı.

-Seni hemen hastaneye yetiştirmeliyiz evladım, dedi. Görünürde bir şeyin yok ama bir ağrı kesici yapıp rahatlatırlar, bari.

## BİR EDEP ABİDESİ GENCE VURULDUM

-Bizim Mustafa yangını duyunca fırladı dışarıya. Gelir gelmez hemen seni hastaneye yetiştiririz. Orası çok kalabalıktır ama önemi yok. Hepsi de benim tanıdıklarım. Bize yardımcı olurlar. Çünkü ben o hastanede bir ömür tükettim.

Allah'ım, bu nasıl bir insanlık, bu nasıl bir ruhtu?

Üzerime eğilmiş saçlarımı okşuyor, yüzümü sıvazlıyor, üstümü örtüyor, birbiri ardına içirmediği, yedirmediği bir şey bırakmıyordu.

Bir anda gözlerim odanın duvarına tutturulmuş küçük bir kütüphaneye kaydı. Almanca, İngilizce, Rusça ve Arapça kitaplar vardı. Anlaşılan oğlu okuyan birisi olmalıydı. Bu küçük ilin gecekondu semtindeki toprak evde bu dillerde okuyan bir genç vardı demek. Doğrusu ilk anda buna çok şaşırmıştım. Sanki bu semtte oturanların hepsi de ilkokul mezunu, en fazla, sıradan ayak işleri yapan, medeniyetten uzak birileri zannederdim.

Ama bu eve girince, yalnız bu mahalle ve şehre değil, hayata olan bakışım bile değişmişti. Bu tek katlı toprak ev, kralların bile hasret kaldığı bir huzurun masalsı iklimi içindeydi. O kadar göze hoş, düzenli ve tertipli bir görünümü vardı ki... Eski eşyalar özenle dizilmiş, pırıl pırıl ve tertemiz haliyle bir dünya cennetini andırıyordu.

Az sonra kapı çalındı. Kapıyı açan Fatma Teyze'nin sevgi kokan sesi duyulmuştu;

-Evladım buyur, dedi. Misafirimiz var, gel içeriye... Biliyor musun sana kardeş geldi.

Allah'ım! Bu ne içten, bu ne samimi, bu ne inanılmaz bir misafirperverlikti. Ana oğul birbirlerine hasret kalmış gibi sarılmışlardı, oracıkta.

-Üşümüşsün canımın içi... Gel sobayı yaktım, oda sımsıcak... Hem ıhlamur da var, için ısınsın.

"Oğlum" dediği genç odaya girer girmez bir anda göz göze gelmiştik.

Aman Ya Rabbim! Şu boya posa, şu mazlum duruşa, şu masum simaya baksanız... Şu göz alıcı görünüm, insanın kalbini yerinden oynatan şu duruluk...

Beni cereyan gibi çarpan bakışlarından bir türlü kendimi alamamıştım. Ama onun, utancından yüzü kızardı ve başını derhal önüne eğiverdi.

Bir anda allak bullak olan zihnim ve yerinden fırlayacakmış gibi çarpmaya başlayan kalbim öylesine hücum etmişlerdi ki, saniyeler içinde terler boşalmaya başlamıştı.

Herhalde buna derlerdi; çarpıldım, vuruldum, fena oldum diye...

Genç kızlığım erkeklerin arasında geçmişti. Özgür ve rahat hayatımla dilediğimi yapan benim için, bu sahne bir ilkti. Binlerce seçkin insanla birlikte olmama rağmen duygularımı bu kadar ayağa kaldıran, bir anda aklımı darmadağın eden bir karşılaşma yaşamamıştım.

Bu olmalıydı, akan suların durduğu... Bu olmalıydı aklın baştan gittiği... Bu olmalıydı koca bir ömrün bir saniyeye sığdığı...

Uzun boylu, buğday tenli... Bakışlarında bütün duygulara hükmeden bir masumiyet... Duruşu insanı alt üst eden bir edep... Gözlerinde hayâ ve utancın haykırdığı bir dürüstlük ve saflık...

Allah'ım! Yoksa dünyada memleket memleket, şehir şehir ve köy köy aradığım yer burası, hayatımın delikanlısı da bu muydu?

Acılar içinde şoktan yeni çıkmış halime bakmadan duygularım şahlanmış, kalbimde sevgi fırtınaları kopmaya başlamıştı.

Neler saçmalıyordum ben? "Dur", dedim kendi kendime "Sakin ol! Sen kimsin? Bunlar kim? Dünyayı ayağına seren bir babanın kızı, iki odalı toprak bir evde ömür tüketecek öyle mi?

Sus akılsız kafam... Sök at bu saçma düşünceleri aklından... Kendini daha fazla rezil etmeden çabuk çık şu evden..."

Bu beynimde kopan fırtınalarla boğuşurken Fatma Teyze:

-Oğlum, dedi. Bu yavrunun derhal hastaneye gitmesi lazım.

Hiç ikiletmeden;

-Baş üstüne anne, dedi. Derhal...

Mustafa, yüzüme bile bakmadan "Yaraların geçmiş olsun!" diyerek girdiği odadan bir melek gibi süzülerek sessizce çıkmıştı. Ne yazık ki bütün direnmeme rağmen aklım ve yüreğim de onunla birlikte gitmişti.

Mustafa'nın annesine karşı bu itaati de beni çok şaşırtmıştı. Derhal kendimi onun yerine koydum.

Eğer ben olsaydım, anneme ne azarlar basar, ne problemlere sebep olurdum.

İmam-Hatip mezunuymuş. Bu okulun üniversiteye girmesi zorlaşınca yüksek öğrenimini Viyana'da yapmış, İşletme okumuş... Almancayı, İngilizceyi, Rusçayı ve Arapçayı anadili gibi öğrenmiş...

Türkiye'ye dönünce babasını kaybetmiş, annesini yalnız bırakmamak için yurt dışına bir daha çıkmamış. Benim de yüksek lisans yaptığım üniversitede işletme dalında doktoraya başlamış. Yani benden ileri seviyede bir öğrenime sahip bir delikanlıymış. Bir taraftan da küçük mahallenin küçük camisinde imamlık yapıyormuş.

Kısa hayat öyküsünü annesinden dinleyince çok şaşırmıştım. Bu bilgiler inanılır gibi değildi. Toprak evin içinde bir işçi, bir amele, cahil bir adam düşlerken bir doktora öğrencisi çıkmıştı karşıma... Hem de dört dil bilen bir zekâyla...

Bu hayaller içinde çırpınıp dururken, kapı açılıp Mustafa girmişti içeriye... İnanın bütün duygularına nüfuz eden o etkileyici bakışlarını bir an aradım ama o, ısrarla gözlerini kaçırarak bana bakmamak için özel bir çaba harcıyordu.

Başını ürkek bir çocuk gibi öne eğerek;

-Buyurun, dedi. Ambulans bizi bekliyor.

## İÇİMDE TUHAF DUYGULAR YEŞERMİŞTİ

Esrarengiz bir rüya gibi girdiğim bu toprak evden, peri masalları gibi ümitlerimi ve yüreğimi bırakarak çıkmıştım. İçimde yeşeren bu tuhaf duyguların bir tufana dönüşeceğini, hayatımın seyrini değiştirip beni maceralara sürükleyeceğini nereden bilecektim.

O ev... O gizemli yuva... O huzur iklimi... Yüreğimin ta derinliklerine işlemişti. Artık orasını unutmam ne mümkündü?

Çünkü orada bana gerçek bir anne sevgisini tattıran bir hanımla, ilk kez bu kadar gönlüme girip beynime bir çivi gibi saplanan bir delikanlı tanımıştım. Artık bunları unutmam ne mümkündü. Hele ödeyeceğim o çok ağır bedelleri...

Arabaya binerken adını koyamadığım bir gönül bağı oluşmuştu içimde... Sanki "Beni bırakmayın, ben sizi çok sevdim" gibi saçma sapan yalvarışlar içinde hareket ettim.

Bu nasıl ayrılıştı Allah'ım? Aklım darmadağın, yüreğim paramparça ve iradem tepe taklaktı. Bu işin burada bitmeyeceğini çok iyi anlamıştım. Ama beni bekleyen dayanılmaz sürprizlerden haberim yoktu.

Hastaneye girince bizi karşılayan hemşire ismimi sordu. "İlkay" der demez, çok önemli bir yitik bulmuş gibi bağırdı, hastane yöneticisi olduğu anlaşılan beye;

-Geldi efendim, geldi.

Bir anda herkes başımıza üşüşmüştü. Bu beklenmedik ilgi ve alaka karşısında şaşırıp kalmıştık.

Meğerki babam yangın olayını öğrenir öğrenmez, bana ulaşamayınca vali ve belediye başkanını seferber etmiş. Bundan dolayı da hastane yönetimi alarma geçerek, beni aramaya koyulmuş...

Onlarca genç kız acil servisi doldurup büyük bir panik içinde doktor beklerken, beni derhal özel bir odaya alıp bütün imkânları önüme sermişlerdi. Öyle ki, yurttan yaralı gelen zavallı kızlarla hemşireler uğraşırken benim odama doktorların biri girip biri çıkıyordu. İşte beni de isyan ettiren bu ayrıcalıklı hayatımdı.

Çok geçmeden belediye başkanı ve vali bey de damladılar. Her gelen "Demek siz Akil Bey'in kızıydınız da haberimiz yoktu!" deyip şaşkınlıklarını dile getiriyorlardı.

Vali Bey, görevini yerine getiremeyen bir insanın suçluluğu içinde:

-Bizi haberdar etseydiniz kızım, size özel misafirhane tahsis ederdik, dedi. Neden tıklım tıklım dolu yurt koğuşlarında böyle çile çekmeye razı oldunuz? Biz sizi prensesler gibi ağırlardık. Başınıza böyle bir felaket de gelmezdi.

İmkânlar içinde yüzmenin bana dayanılmaz bir mutsuzluk getirdiğini vali nereden bilecekti? Bilse bile beni anlaması mümkün müydü? Doğal hayatın ve sıradan insanların içinde duru, temiz ve içten bir sevgiyi bulduğumu kimseye inandıramıyordum.

Sabaha doğru hastanede kopan bir gürültüden, annemle babamın geldiğini anlamıştım. Yeri göğü inleten, sağa sola saldıran babam yattığım odaya girince kıyametleri koparmaya başlamıştı. Artık onu durdurmak, susturmak ne mümkündü.

Haberi alınca özel uçağıyla yakın bir havaalanına inmişler, oradan da nefes nefese hastaneye yetişmişlerdi.

Babamın gelişi tam bir izdihama neden olmuştu. Başta vali, belediye başkanı ve hastanenin baştabibi olmak üzere olmak üzere şehrin ileri gelenleri bu ünlü iş adamının, bu hastaneye gelişinden dolayı adeta sıraya geçmişlerdi.

Babam ve annem beni o halde görünce akılları durdu, uçtu, kayboldu sanki... Annem çığlık çığlığa ortalığı yıkıyor, babam ise söz dinlemeyip buralara geldiğim için bana sitemler yağdırıyordu.

Hastane baştabibi durumumun çok iyi olduğunu izah etse de ömrümde üzerime toz kondurmayan annem için bu asla yeterli olmuyordu.

## FATMA TEYZE'NİN KOVULUŞU

Etrafımda melekler gibi pervane olan Fatma Teyze'ye annem hiç beklenmedik bir azar basmıştı.

-Şu hizmetli kadın ne ayakaltında dolaşıp duruyor, sanki yiyecek çocuğumu, söyleyin işine baksın.

Teşekkür beklerken, neye uğradığını anlayamayan Fatma Teyze, hiç sesini çıkarmadan sessizce köşeye çekilip duvarın dibine sinivermişti. Onun o masum hali içime "cızzz" diye düşmüştü.

-Anne sen ne yapıyorsun? diye çıkıştım. O teyze beni kurtarıp buraya getiren emekli hemşire Fatma Hanım'dır. Herkesin can derdine düştüğü o cehennemî yangında bana evini ve yüreğini açtı.

Gurur ve kibir içinde başı göklere değen annem açıklamayı kendisine yakıştıramamıştı.

-Demek kala kala bu pejmürde kılıklı hanıma kaldın öyle mi? Allah'ım! Üzerine el değdirmediğim benim kızım burada ne hale düşmüş de haberim yok.

Hele babam bu açıklamayla adeta gözü dönmüştü.

-Derhal gitmeliyiz, dedi. Senin yerin burası değil. Gözümden sakındığım kızım kimlere muhtaç olmuş... Hadi hemen gidiyoruz.

İşte fark buydu. Benim ailemin insanlık yaklaşımıyla, Fatma Hanım'ın insanlık anlayışı bu kadar birbirinden uzaktı.

Ne yazık ki bana yardım ettiği için bir dayak yemediği kalmıştı zavallı teyzenin. Hâlbuki o bana hayatımda tatmadığım mutluluk ve sevgiyi sunmuştu.

Bir ara gözlerimle Mustafa'yı aramıştım. Baktım ki annesinin kolundan tutmuş dışarı çıkıyorlardı. Ne hazin ki, bana yardım etmenin ödülünü kovulmakla almışlardı.

Bu insanlık dışı yaklaşım sahibi olan babam ve annem, o şehrin valisi tarafından el üstünde ağırlanıyor, çaresiz bir kızın hayatını kurtarıp ona ömrü boyunca unutamayacağı vefa ve dostluk sunan bu iki yardımsever insan ise kapı dışarı ediliyordu.

Allah için görev yapmış olmanın onuruyla masum bir şekilde arkalarına bakmadan odayı terk eden ana oğulun bu hazin hali, içime bomba gibi bir ateş topu düşürmüştü. Beynimi ve kalbimi avuçlayan hüzün dalgası boğazımı kilitleyerek beni nefessiz bırakmıştı. Birkaç kez öksürerek atlatmayı denediysem de olmadı. Öylesine bunaldım, öylesine yandım ve öylesine daraldım ki, beynimin patlayıp milyonlarca parçalara ayrılacağından korktum.

Bir an yerimden fırlayarak ayaklarına kapanmayı düşündüğüm o iki dostun ateşi, bütün hücrelerime işleyerek beni bir yanardağa çevirmişti. Bu dram dolu ayrılık, beynime öylesine çullanmıştı ki daha fazla dayanamayarak kendimi kaybetmiştim.

Etrafımı dolduran onca insanın içinde yüreğimdekileri haykırıp anne ve babama gerçeği söyleyemedim. Zaten söylesem de anlamaları imkânsızdı. Ama en zor anda bana el uzatan bu iki candan insanın elini boşlukta bırakmak bana asla insani gelmedi. Hele ruhuma saldıkları merhamet ve şefkat duyguları yüreğimde estikçe, bu vicdan azabı beni yiyip bitirirdi.

Yıllar sonra yapmacık ve ikiyüzlü insanlardan bunalıp hayal ettiğim gönül insanlarını bulduktan sonra onları kaybetmeye asla dayanamazdım...

Babam beni özel uçağıyla götürmeye karar verdiğinde;

-Bir şartla! diye ağırlığımı koydum.

-Nedir? diye sordu.

-Tedaviden sonra tekrar gelip okuluma burada devam etmek istiyorum.

-Asla, diye atıldı. Buraların ezici ve kahredici şartlarında heba olmanı bekleyemem. Bak, annen daha kendine gelemedi. Bu iş burada biter. Seni doğru yurt dışına göndereceğim. Okuluna orada devam edersin.

Babam öylesine kükremişti ki, adeta gözleri dönmüş, ağzından çıkan çirkin kelimelerin farkında bile değildi.

-O zaman, dedim. Bana yardım eden o iki fedakâr insanı ziyaret edip teşekkür etmeliyiz. Yoksa bir adım bile atmam.

Hastanede özel aracımıza bindik, babam vali beyi de yanına aldı ve evin yolunu tuttuk.

Gecekondu mahallesine girince babam yüzünü ekşitiyor, o insanlarla temas kurmamı bile bir suç sayacak kadar küçük görüyordu,

-Bunlar fırsat düşkünü insanlar... Aç, sefil ve bir kuruşun peşindeler. Senin gibi zengin bir kızı niçin havada kapmasınlar? Belli ki para sızdırmanın peşindeler. Bu insanları iyi tanırım, önce güler yüzle gönülleri çalarlar, ardından da bitmek ve tükenmek bilmeyen isteklerle âbâd olmak isterler.

Hey tecrübesiz kızım! Bunları öğrenene kadar daha çok ekmek yemen lazım.

Heyecandan göğüs kafesimi zorlayan kalbimin sıkıp bunalttığı bir anda, babamı duyacak halde değildim. Onlara yeniden kavuşmanın dayanılmaz coşkusu, her şeyin önüne geçmişti. Gözümde erişilmez zirvelerin adamı olan o iki insanı görüp "af" dilemekten başka bir şey düşünmüyordum.

Evin önüne varmıştık. Ben kendime hâkim olamayacak kadar bir titremeyle adeta kendimi yitirmek üzereydim. Önümüzde bize yol gösteren polis eskortu, kapıyı çalarak biz inmeden ana oğlu dışarı çıkarıp önümüzde hazır ol vaziyetinde dikmişti.

## BİRBİRİNE KENETLENMİŞ İKİ CESUR YÜREK

O melekler gibi tertemiz iki masum ve misafirperver insanın önünde utancımdan eriyip bitmiştim. Gözlerini, gönüllerini bize açıp hiç yaşamadığım bir şefkatle etrafımda pervane olan bu güzel insanların bu duruma düşmesine sebep olduğum için, kendime lanetler okuyordum.

Ben daha inmeden babam arabadan fırlayıp önlerine dikildi.

-Kızıma yardım etmişsin, dedi cebinden çıkardığı zarfı burunlarına kadar kaldırarak. Bunun içindeki para emeğinizi fazlasıyla karşılar.

Aman Allah'ım! Babamın bu kaba ve hakaret dolu davranışı karşısında eridim, bittim oracıkta. Dışarı çıkacak halim kalkamamıştı. Keşke yer yarılsaydı da, altına girip kaybolsaydım.

Fatma Teyze kendinden beklenmeyen bir çeviklikle, gözlerini alabildiğine açıp babamın elindeki zarfı iterek, adeta oradakileri titreten bir ses tonuyla haykırmıştı:

-Bana bak efendi, dedi. Biz Müslüman'ız elhamdülillah! Mazlumu, mağduru ve sokakta kalmışları korumayı bir ibadet biliriz. Bunu da Allah rızası için yaparız. Bu yardımseverlik Anadolu insanının geleneğidir.

Eğer bu kızı arayan soran olmasaydı, değil bir gece, ömür boyu evimizde bir evlât gibi korur, muhafaza ederdik.

Evimize, mahallemize bakıp da bizi para dilencisi sanmayın. Siz paradan başka insanlık değerlerinden ne anlarsınız? Biz şeref ve onurumuzu paraya satacak kadar küçülmedik, efendi!

Heyecanından kendinden geçen Fatma Teyze parmağını babamı gözüne doğru uzatarak gürlemesini sürdürmüştü:

-Şimdi, defolun buradan. Bari bu temiz sokaklar şu pis ayaklarınızla kirlenmesin.

Babam ömrü boyunca böyle sözleri asla duymamıştı. Arabanın içinde kendimden geçercesine dinlediğim bu inanılmaz tepkiye karşı babam bir kelime dahi söyleyememişti.

Fatma Teyze'nin cesaret ve kükreyişi herkesi şoke etmişti.

Derhal ortaya vali bey girip babamı savunmak istedi.

-Hanımefendi diye çıkıştı. Siz, beyefendiyi tanıyamadınız herhalde. Akil Bey, dünyaca ünlu bir iş adamıdır. Onunla böyle nasıl konuşursunuz? Size yardım etmek istiyor, bunun neresi kötü?

Fatma Teyze aynı sertlik ve kararlılık içinde:

-O iş adamı olmuş ama adam olamamış, diye bağırdı, daha da kendinden geçerek. Hem siz kim oluyorsunuz da bu nezaketsiz insanı savunuyorsunuz, diye döndü yüzünü.

-Ben buranın valisiyim.

-Sana da yazıklar olsun, dedi aynı ses tonunu sürdürerek. Senin gibi insanlar bu halkı temsil edemezler. Seni buraya yanlış göndermişler. İyisi sen de git de bu şehir kurtulsun.

Araya derhal korumalar girip Fatma Teyze'nin ağzını kapatmaya çalışmışlardı. Ama o kendisinden beklenmeyen bir atakla bir aslan kesilip kimseyi yanına yaklaştırmamıştı.

Ben daha fazla dayanamayarak yeniden fırlayıp Fatma Teyze'nin ellerine kapanmıştım.

-Affedersiniz Fatma Teyze, dedim. Ben bu adamın kızıyım. Ama babam gibi asla düşünmüyorum. Şu anda karşınızda kahroluyorum, mahvoluyorum. Bütün bunlara ben sebep oldum. Lütfen beni affedin, ben sizi çok sevdim. Sizi asla unutmayacağım.

Babam kolumdan tuttu ve çekti geriye. O esnada Mustafa ile göz göze gelmiştik. Allah'ım, içime saplanan bakışları karşısında bir anda eridim, bittim oracıkta...

## ANA OĞULU ASLA UNUTAMIYORDUM

Beni arabaya attıkları gibi uzaklaştırmışlardı.

Gözlerimin önünden Fatma Teyze ve Mustafa'nın, evin önündeki o dramatik halleri asla gitmiyordu. Fatma Teyze'nin o son bakışındaki "Sözlerim sana değil, ben de seni çok sevdim" der gibi masumiyeti beynime saplanıp kalmıştı.

"Allah'ım! Bu işte bir yanlışlık var" diye bağırıyordum kendi içimden... Ben Akil Bey'in ihtişamlı evinde değil, bu mütevazı toprak mekânda mutlu olan birisiyim. "Beni buradan koparma ne olur" diye yalvarıyordum.

Babam arabada esip gürlemeye devam ediyordu:

-Zaten ben hayatta iki tip insanı asla sevmedim. Birisi din adamlarını, ikincisi de karşımda pervasızca ukalalık yapanlar...

Birisi kendisini emekli hemşire bozuntusu gösteren ukala bir kadın, diğeri de camide imamlık yapan dik başlı bir genç... Bunlar çıkmış ortaya, bizim gibi bir ailenin kızına mihmandarlık yapıyor. Ben bunu bir hakaret kabul ederim. Olacak şey değil.

Bu sefer vali bey araya girip babamı uyarma ihtiyacı hissetmişti:

-Beyefendi, dedi. Galiba biraz ölçüyü kaçırdık. Bu olay sabah duyulursa halkın gözünde rezil oluruz. Buraların hayat kuralları ve değerlendirme ölçütleri; nezaket, yardım, sevgi ve inanç üzerine kurulmuştur.

Londra ve Paris'le buraları kıyaslamak hata olur.

Sonra o küçük gördüğünüz imam, Viyana'da İşletme okudu. Almanca, İngilizce, Rusça ve Arapça biliyor. Üstelik İşletmede de doktora yapıyor. Kendisine sunulan iş tekliflerini kabul etmedi. Çünkü babasını yeni kaybetti, bir müddet annesiyle yaşamayı tercih etti.

Babamın bakışları birden değişti. İmam kimliği ve kariyeri beyninde saplanmış olacak ki:

-Demek öyle ha, dedi. Bunu keşke daha önce duysaydım.

Lütfen geri dönelim. Belki çocukla barışırız da kariyerinden istifade ederiz. Benim hem Rusçayı hem de İngilizceyi çok iyi bilen elemanlara ihtiyacım var. Hele bu çocuk gibi ahlâklı olursa işime daha da fazla yarar.

Her şeyi menfaat ve para açısından gören babam birden değişmişti. Bu onun huyuydu. Menfaati olunca asla dürüst olmaz, menfaatinin uğruna kırk yıllık düşmanıyla derhal kol kola girerdi.

Vali bey yine araya girmişti:

-Bu insanlar son derece onurludur. Az önce yapılanları hazmedemezler. İsterseniz bu işi zamana bırakalım.

Babam zorla ikna olmuştu. Ama o, bu işin peşini bırakmazdı. Onu iyi tanırdım.

Bütün bu olup bitenler içinde kendimden geçmiş bir haldeydim. O insanlara yapılan hakareti asla hazmedemiyordum. İçimdeki yangın öylesine benliğimi sarmıştı ki çektiğim acıyı unutmuş, kendi kendimi yiyip bitiriyordum.

Babam duymasın diye gözyaşlarımı içime akıtıyor, beynime sıçrayan üzüntümü içime gömmeye çalışıyordum.

Fatma Teyze'nin o haşmetli gözleri, kaplan gibi elleri, top güllesi gibi düşen o müthiş sözleri zihnime öylesine kazınmıştı ki bir türlü görüntüsünü unutamıyordum.

Hele Mustafa'nın duruşu, beyefendiliği, hayran kaldığım masum bakışı beynimin bütün hücrelerine işlemişti.

Masallar insanı gibi anne oğul sürekli olarak hayallerimi süslüyor, başımı nere çevirsem onların görüntüsüyle karşılaşıyordum.

## İÇİMDEKİ SEVGİ KÖKLEŞİYORDU

Memlekete kavuşunca babam beni en ünlü hastaneye yatırmıştı. Başımda sürekli bir doktor ve hemşire nöbet tutuyordu. Her şey mükemmel, her ihtiyacım tam, her eksiğim giderilmişti. Her arzum, her isteğim anında yerine getiriliyordu. Ama bu soğuk, suni yapmacık hayat yeniden beni ezmeye, üzmeye ve huzurumu kaçırmaya başlamıştı.

Anadolu'nun o küçük şehrindeki gariban insanların sıcaklığı, dostluğu, sevecenliği ve doyumsuz özellikleri yeniden burnumda tütmeye başlamıştı.

Aynı koğuşu paylaştığım fakir ama yürekleri sevgi dolu kızların candan ve içten yaklaşımları, sohbetleri ve hanımefendilikleri bir saniye bile aklımdan çıkmıyordu.

Bir alışverişe gittiğim zaman, o küçük şehrin esnaflarının o sıcakkanlılığı ve gösterdiği ilgisi unutulur gibi değildi.

"Emredersiniz... Emriniz olur... Başım gözüm üstüne... Allah-Peygamber razı olsun... Ayıp ettin senden para mı istiyoruz? Ne zaman verirsen canın sağ olsun..."

Allah'ım, bu insanlar içinde ilk kez hayatımın cennetini yaşamıştım ben.

Ya Fatma Teyze ve Mustafa? Onlar hayatımın iki esrarengiz kahramanıydı. Beynimden silinmeyen, hayalimden gitmeyen, kalbimden çıkmayan iki melekti.

"Ana kurban, şunu da yer misin? Ana kurban, bu da çok tatlı... Ana kurban, iyi misin? Ana kurban, hiç utanma ne istersen söyle... Ana kurban, sen misafirsin. Ana kurban, ben seni kızım biliyorum."

Ben öz annemden bile böyle içten, riyasız ve menfaatsiz bir ilgi görmemiştim. Her haliyle içime huzur serpmiş, sevgi depolamıştı. Daha da önemlisi bana sevgiyi öğretmişti.

Mustafa bir başkaydı benim dünyamda artık.

Genç kızlığımın geçtiği yerlerde yüzlerce seçkin insanla karşılaşmış, yüzlerce gıpta edilecek kişiyle birlikte olmuştum. Bana ulaşıp konuşmak isteyen sayısız gençler benim için ömür tüketmişti. Bu uğurda canını bile vermeye hazır onlarca gençler çıkmıştı karşıma. Bunların büyük çoğunluğu da kişiliği, kariyeri ve başarısı bakımından göz kamaştıran saygın insanlardı. Ama hiçbirisinin gözlerinde ve duruşunda Mustafa kadar insana güven veren emniyet ve sıcaklık alamamıştım.

Bir bakışıyla dünyama giren, edep ve huyuyla farkını ortaya koyan bir dürüstlük abidesiydi o...

Ben çevremde güzelliğiyle de tanınan birisiydim. Beni gören her genç, arkasını dönüp bir daha bakardı. Ama bunlardan tek bir insanın farkını görmüştüm, işte o Mustafa'ydı. Göz göze geldiğimizde bakışlarını yere eğip boynunu çeviren bir edep timsaliydi.

Ben onun paklığına, temizliğine, insanlığına ve dürüstlüğüne vurulmuştum. Benim onda bulduğum bir et-kemik değil, ruh güzelliği ve beyefendilikti.

Öylesine yüreğime girdi ki onun sevgisi, gün geçtikçe artık bir an bile unutamadığım bir sevdaya dönüştü.

Mustafa'yı çok sevdiğim için o güne kadar babamın etkisiyle nefret ettiğim diğer din adamlarına karşı da ilgi duymaya başlamıştım. Artık o yalnızca hayalimden değil, her gün istisnasız rüyalarımdan da çıkmıyordu.

Yine ölesiye acıkmış gibi burnumda tüttüğü gecelerin birinde geç vakte kadar onu düşündüm. Bir an kendimden geçtiğim anda dikilivermişti karşıma. Yine bakışları yerde, başı önünde, utangaç ve çekingen bir hal içindeydi.

-Ben çok üzgünüm, ne olur beni affedin, atıldım içim yanarcasına. İnanın bu mahcubiyet içinde azap çekiyorum. Sizler en yüce övgüye layıkken, onurunuzu incittiler. Ben bile daha şiddetli tepki gösteremedim. Ama siz yine de insanlığınızı gösterdiniz.

Sözlerime karşı hiç tepki vermedi, başını da önünden kaldırmadı.

Ayağa kalkıp gideceği zaman yine o dayanılmaz bakışlarıyla bir an göz göze geldik.

-Ben seni çok sevdim, diye atıldım son çare olarak. Asla unutmadım.

Uyandım...

Ah keşke rüya olmasaydı... Ah keşke bir an yanımda olsaydı da bunları yüzüne söyleseydim... Kendisini ne kadar sevdiğimi bilseydi... Belki de karşılık verir, beni dünyanın en mutlu insanı yapardı...

## TAM BİR ÖRNEK MÜSLÜMAN

Hastaneden çıktığım gün, yeni evlenen arkadaşım eşiyle bana gelmişti. Onun da babası zengin bir iş adamıydı. Beyi ise babasının iş yerinde çalışan yetenekli bir gençti.

Ben okul ve yangın maceramı anlatırken birden arkadaşımın beyi Erhan söze karıştı:

-Yahu, siz şu şehirden bahsediyorsunuz değil mi?

-Evet, dedim.

-Hay Allah, dedi. Şu işe bakın, orada anlattığınız olayın kahramanı Mustafa Bey benim arkadaşımla ne kadar da örtüşüyor.

O esnada çok heyecanlandım.

-Anlatın lütfen, dedim. Şu sizin arkadaşınızı...

Erhan anlattıkça artık yerimden duramadım.

-Olmaz böyle şey, diye bağırdım kendimi kontrol edemeyerek... Evet ta kendisi... Aynı kişiden bahsediyoruz.

Erhan da çok şaşırmıştı:

-Sana Mustafa Bey'i bir de ben anlatayım. O insanın, hayatında iki ana kuralı vardır, diye devam etti. Birisi örnek bir Müslüman olarak yaşamak, ikincisi de çaresize çare olmak, garibanın, kimsesizin elinden tutmak...

Hayatını ve ömrünü bunun için plânlamıştır ve yol haritasını da bunun üzerine kurmuştur.

O insan bir dürüstlük, ahlak ve gayret şaheseridir. İnsana yalnızca sözleriyle değil, davranışlarıyla ders veren gerçek bir Müslüman'dır. Bir saniyesini bile boşa harcamaz, her zaman emsallerinden bir adım ileride olur.

Hele arkadaşlık ve vefa duygusu, dostları için canını verecek kadar göz yaşartıcıdır.

On yaşında hafız olmuş, on beş yaşında da Arapçayı ana dili gibi öğrenmiştir. İmam-Hatip okullarının önü kapanınca kendi imkân ve gayretiyle Viyana'da İşletme öğrenimi yaparak Almanca, İngilizce ve Rusça da öğrenmiştir. Bu dilleri öğrenirken tek amacı İslâm'ı ve Kur'an'ı anlatabileceği geniş kitlelere ulaşmaktır.

Emeği ve alın teri olmadan asla bir kuruş para kabul etmemiştir. Öğrenim hayatı boyunca geceleri çalışıp gündüzleri okumuştur. Anne ve babası ise canlarını dişine takarak oğullarına destek olmuşlardır.

## MUSTAFA'YI ETKİLEYEN SAİD NURSİ HATIRASI

Mustafa'nın en büyük hayali Rusya'ya gidip oradaki insanlara İslâm ve Kur'an'ı anlatmaktır.

Bediüzzaman Said Nursi Hazretlerinin bir hatırasından çok etkilenerek bu kararı vermişti.

Dayanamayıp derhal söze atılmıştım:

-Nasıl bir hatıraymış, size anlattı mı?

-Evet.

-Lütfen bana da anlatın. Eminim ki Mustafa'yı çok etkileyen bir konu çok ilginç olmalıdır.

-Bahse konu olan hatıra şöyle gelişmiştir:

Bediüzzaman Said Nursi adındaki bilge bir gönül adamı, İstanbul'dan Van'a giderken iki öğrencisiyle birlikte bugünkü Gürcistan'ın baş şehri olan Tiflis'e uğrar. Tiflis o tarihlerde, Müslüman Türkleri sindirme politikası uygulayan Rus devletinin önemli bir şehridir.

Said Nursi güneşli bir ikindi vaktinde, Tiflis'te, Şeyh Sanan tepesine çıkmış etrafı incelerken, yanına bir Rus polisi gelir.

-Neden böyle etrafa dikkatle bakıyorsun, diye sorar.

Said Nursi'de kararlı ve keskin ifadelerle:

-Medresemin (okulumun) planını yapıyorum, der.

Bir anda şaşıran polis:

-Nerelisin, diye müdahale eder, alaycı bir tavırla.

-Bitlisliyim.

-İyi de burası Tiflis'tir, sen yanlış yerde hayal kuruyorsun.

Said Nursi o sert bakışlarını Rus polisine çevir.

-Sen bilmez misin ki Tiflis, Bitlis kardeştir.

Bu çıkış karşısında Rus polisi daha da şaşırır.

-O ne demek?

Said Nursi geleceği keşfeden o güçlü hisleriyle tek tek anlatmaya başlar:

-Asya'da, İslam âleminde, üç nur birbiri arkasında parlamaya başlayacak. Sizde de üç karanlık birbirini takip edecek. Sizin şu baskıcı ve despot rejiminiz yıkılacak, ben de gelip buraya medresemi (okulumu) yapacağım.

Said Nursi'nin 1910 yılında söylediği bu sözlerin ne kadar geçerli olduğu, bugün daha iyi anlaşılmaktadır.

Rusya'da 1917 yılında kurulan komünizm rejiminin, o zalim ve insanlık dışı uygulamaları, toplumda kapkaranlık bir dönem başlatmıştı. Öyle ki, milyonlarca insan bu baskıcı rejimin kurbanı olmuştu.

1990 yılında komünizmin yıkılmasıyla Tiflis şehri de hürriyetine kavuşmuştu. Bunun üzerine Said Nursi'nin öğrencileri Tiflis'e gelerek, "o büyük insan"ın hayalini kurduğu medreseyi (okulu) hizmete açmışlardı.

Hâlbuki o tarihte Rus polisi, Said Nursi'nin bu görüşüne şiddetle itiraz etmişti.

-Heyhat! Şaşarım senin ümidine, demişti.

Said Nursi de:

-Ben de şaşarım senin aklına, diye cevap vermişti. Bu kışın devam etmesine ihtimal verebilir misin? Her kışın bir baharı, her gecenin bir gündüzü vardır.

Rus polisinin hayreti gittikçe artmıştı.

-Efendi, sen ne diyorsun? İslam parça parça olmuş.

Said Nursi ise bugün bile okuyanları şaşırtan bir cevap vermişti:

-Hayır, Müslümanlar tahsile (okumaya) gitmişler.

İşte Hindistan, İslam'ın kabiliyetli bir çocuğudur. İngiliz lisesinde okuyor.

Mısır, İslam'ın zeki bir evladıdır. İngiliz siyasal bilgiler fakültesinden ders alıyor.

Kafkasya ve Türkistan, İslam'ın iki kahraman oğullarıdır. Rus harp okulunda eğitim görüyorlar.

Yahu şu asil evlatlar diplomalarını aldıktan sonra, her biri bir kıtanın başına geçecek, muhteşem ve adaletli babaları olan İslam'ın bayrağını dalgalandıracaklar, kaderin gözü önünde, feleğin inadına, hakikatin sırrını ilan edeceklerdir.

Ne enteresan ki, o tarihte Hindistan ve Mısır İngilizlerin sömürgesi altında eziliyordu. Kafkas ülkeleri ve Türkistan olarak bilinen Orta Asya Türkleri Rus idaresinin zulüm ve baskısı altında yaşıyorlardı.

Bugün Said Nursi'nin verdiği müjdeler birer birer çıktı. Mısır 1937'de bağımsızlığını ilan etti. Pakistan 1947'de Hindistan'dan ayrılarak bağımsız bir İslam devleti oldu. 1990'da

Sovyetler Birliği'nin dağılmasıyla da Kafkas ülkeleri ve Türk Cumhuriyetleri birer birer bağımsızlıklarına kavuştular.

İşte dedeleri Kafkas kökenli olan Mustafa'nın, bu hatıranın tarihi mesajı içinde yer almak için Rusya'ya gidip inanç boşluğu içindeki gençleri doğru yola davet etmek gibi bir ideali vardı. Çünkü komünizm rejiminin inanç ve ahlak değerlerinden uzaklaştırdığı ve tam bir içki bağımlısı haline getirdiği gençleri, iman ve Kur'an'ın manevi ilaçlarıyla tedavi etmeyi düşünüyordu. Bunu da sırtında bir kulluk görevi sayıyordu.

Ben de Viyana'da tanıştım Mustafa'yla. Hayatımdaki en güvendiğim gençlerden birisidir. Dört yıl birlikte ayrı ortamı paylaştık. Onun insanlığına, samimiyetine ve saflığına asla doyamadım.

## GÖZÜMDE DAHA DA BÜYÜMÜŞTÜ

Daha fazla kendimi tutamayarak derhal atladım içimin yangınıyla:

-Ne olur, dedim madem arkadaşın lütfen bana yardım et o zaman.

-Nasıl bir yardım istiyorsun?

-Mustafa'yla temas kur, bizi bir şekilde bir araya getir. Onu asla unutmadığımı, deliler gibi sevdiğimi haykırayım yüzüne. Hadi ne olur, bu iyiliği yap bana. Bu şekilde dünyaları bahşetmiş olursun, lütfen...

Erkan ümitsizce başını salladı.

-Sen onu tanımıyorsun, dedi. Onun gözü kadın, kız gibi gençlerin ömür tükettiği âlemlerde değil. O bu türlü gençlik heveslerini bir zaman kaybı olarak görür. Onun bu fuzuli taraklarda bezi yoktur. O, kendini imana ve Kur'an'a adamıştır. Hayatını doğruları tebliğle, İslâm güzelliklerini dünyaya anlatmakla geçirmek istiyor. Değil seni, dünyanın bütün güzellerini yan yana dizseler bile asla dönüp bakmaz. Bana inan, başlamadan vazgeç bu hayalden. Unut onu, bu yol çıkmaz bir sokaktır.

-Hayır yanılıyorsun, diye atıldım. Ona mutlaka ulaşacağım. İçimin ateşini, sevdasını, özlemini haykıracağım.

Erhan acı acı güldü:

-Bu halinle değil seni kabul etmek, seninle asla konuşmaz bile.

-Kolayı var. İstediği gibi uzun elbise giyerim, örtünürüm. Hatta namaza bile başlarım.

-Buna inanmasını mı bekliyorsun?

Mustafa'ya olan sevgimin beni nasıl mantıksız hale getirdiğini, ne dediğini bilmeyen bir insana dönüştürdüğünü anlayan Erhan, çareyi susmakta bulmuştu.

Evet, duygularım mantığımı susturmuş, doğru düşünemiyordum. Ben kim, onların nezih dünyasına girip ayak uydurmak kim? Ama içimdeki yangın, mantık dinlemiyordu. Çünkü duyguların mantığı yoktu.

Bir tarafta babamın beni yurt dışı eğitimine zorlaması, bir taraftan da kanıma giren Anadolu insanı ve Mustafa...

İkisi arasında bocalıyordum.

Son çare olarak Erhan'a yeniden yalvarmaya başladım:

-O zaman, dedim. Mustafa'nın telefonunu verin, onunla temas kurmak istiyorum.

-Telefon kullanmıyor, dedi. Ancak görev yaptığı cami derneğinin telefonu var. Orayı ararsanız, sizi görüştürebilirler.

Derhal telefonu not ettim. Not etmek ne kelime, tek tek ezberledim.

Artık vakit kaybetmeye niyetim yoktu. Büyük bir ümit ve heyecan içinde telefona sarılıp, çıkan beye Mustafa'yı sordum.

Aldığım cevap tam bir şaşkınlık uyandırmıştı hepimizde.

-Kızım, dedi. Mustafa Hoca on günden beri Ankara'da. Annesi felç geçirdi. Ona refakat ediyor. Çok zor durumdalar.

Acıyla ümidin yumaklandığı karmakarışık fikirler beynimde dans etmeye başlamıştı. Bir yanda Fatma Teyze'ye olan olağanüstü sevgimden dolayı içim "cızzz" diye yanarken, öte yanda da dar zamanlarında vefa borcumu ödemem gerektiğini düşünüyordum. Nerede, nasıl başlamam gerektiği konusunda yüzlerce alternatif, aklımı bir anda altüst etmişti.

Hem babamı baskı altında almak, hem de gerçekten o iki kadirşinas dosta yardım etmek için yeni bir yol haritası belirledim. Bu vesileyle belki Mustafa'ya daha da yakınlaşma imkânım olabilirdi.

Durumu babama anlatıp onu ikna etmek için;

-Babacığım, dedim. Ben bu iki insanın zor durumlarında yanında yer alırsam bekli de Mustafa'yı kazanır ve bizim şirkette çalışmaya ikna ederiz. Siz de onun yeteneklerinden ve bilgisinden yararlanırsınız.

Bir kuruş menfaati için yapamayacağı fedakârlığı olmayan babam buna "Hayır" diyememişti.

İkinci Bölüm

# ESRARLI HADİSELER İÇİNDE KAYBOLMUŞTUM

## HAYATIMIN YOLCULUĞU...

Hiç vakit kaybetmeden özel şoförümü yanıma alıp Ankara'nın yolunu tutmuştum.

Fatma Teyze'nin yattığı hastaneye doğru yol alırken, beynimde bu işe uygun bahaneler bulmak için yoğun bir arayış içindeydim. İşin planlı olduğunu bilmemeleri gerekiyordu. Yoksa onurlu bu iki insan bütün teklifleri geri çevirirlerdi. Gerçekten, onlara karşı ilgi ve sevgimden dolayı yapamayacağım fedakârlık yoktu.

Hastaneye adım attığım zaman o güne kadar asla duymadığım müthiş bir heyecan fırtınasına yakalanmıştım. Allah'ım, bu ne biçim haldi? Nefes almakta bile güçlük çekiyordum. Neredeyse koridor ortasına yığılacak kadar halsiz düşmüştüm.

Kafamda hep o soru vardı: Mustafa beni nasıl karşılayacaktı?

Kovar mıydı? Yoksa en ağır hakaretlerle intikam mı alırdı? Veya suratıma kapı çarpıp ebediyen aramıza duvar mı örerdi?

Olsun... Her şeye hazırdım. Yüreğimi parçalayan o söz dinlemez sevdam için her ihtimal kabulümdü. Hatta bir anlık görüntü bile her şeye bedeldi, benim için.

Kafamdaki binlerce açmazın karışık bir labirentte çevirdiği düşüncelerle girdim hastaneye... Allah'ım! Düşüp bayılacak kadar müthiş bir baskı altında sırılsıklam olmuştum.

-İlkay... İlkay...

Arabamı döndüm ki Fransa'da birlikte kaldığım çocukluk arkadaşım Emel.

Sarıldık hasretle... İki yıl hiç görüşmemiştik.

-Hayrola, dedi yüzümdeki renge bakarak... Sen hastasın. Vücudun da titriyor. Kötü bir şey yoktur umarım?

-Bir tanıdık çok hasta. Biraz telâşlıyım o kadar.

-Tanıdık?

-Evet.

-Hımm, dedi kendine has bir kuruntuyla.

-Yoksa?

-Hayır, dedim. Bu farklı bir şey.

-Ya sen?

-Burada çalışıyorum.

-Buraya mı atandın?

-Evet. Acildeyim. Bir taraftan da Tıpta Uzmanlık Sınavı'na hazırlanıyorum.

Kolumdan tutarak;

-Haydi gel, dedi. Sana yardımcı olayım. Arkadaşına birlikte gidelim.

-Daha sonra görüşürüz, dedim geçiştirmek için.

-Şimdi daha iyi anladım, dedi. Yine hinliğini belli ederek.

Yakamı zor kurtardım.

## DÜŞÜP BAYILACAKTIM

Doğruca katını ve odasını öğrenip çıktım. Katındaki hemşireye de sorup, yattığı yerden emin olmak istedim.

-Kim var, dedim?

-Oğlu, dedi.

Beynimi bir anda avuçlayan titreme mengenesi içinde, soğuk terler yeniden şaha kalkmıştı.

"Allah'ım, ne olur" diye yalvarıyordum. "Ne olur, kötü bir şey olmadan buradan çıkayım. Eğer bu hayallerim yıkılırsa bu hayat bana zindan olur.

Sen o kulunu o kadar güzel ve nadide yaratmışsın ki, ben de ona gönlümü kaptırdım. Ne yapayım, sen yarattın, ben de sevdim. Ne olur bana yardım et."

Dayanılmaz bir duygu yoğunluğu içinde basamakları çıka çıka ilerledim. Heyecanımdan bacaklarım ve kollarım dökülüyor, nefesim gittikçe beni boğuyor, gözlerimin önü yavaş yavaş perdelenmeye başlıyordu. Ya kalbim? Hadi biraz daha gayret. Neredeyse durdu duracaktı.

Kapının önüne geldiğimde artık hayatımın son soluğunu da harcıyormuş gibi tamamen pes etmek üzeriydim. Saçlarımdan akan terler yüzümü hamamdan çıkmışa döndürmüştü.

Karanlık dünyama ansızın doğan bir güneş gibi Mustafa'yı bir anda karşımda görünce bir an dilim tutuluvermişti. Gözlerinde kaybolmak ister gibi, bakışlarımı onun pırıl pırıl ışıltıların oynaştığı yüzünde toplayınca, yine başını kendine has bir erkeklik hayâsıyla önüne eğmişti. Hiçbir şey söylemeden yana çekilip bana yol vermişti. Bunun anlamı çok açıktı.

"Benimle bir işin yok. Ne diyeceksen anneme söyle, sonra da çık git" der gibi bir hali vardı.

Beynimde şahlanan karışık duyguların dayanılmaz baskısı altında içeri süzüldüm, sessizce...

Yatağa uzanmış Fatma Teyze, tam bir ölüyü andırıyordu. Yüzü soluk, avurtları çökmüş, gözlerinin etrafında da halka halka morluklar oluşmuştu... Belli ki çok ağır bir hastalığın pençesinde son anlarını yaşıyordu.

Yanına gittim, gözleri kapalı, dudakları ise kıpır kıpırdı. Elini elime aldım, ama bir şey hissetmedi. Fakat sürekli bir şeyler okuduğu anlaşılıyordu.

Mustafa'da bir kelimelik ses duymak için:

-Durumu nasıl? diye sordum gözlerinin içine bakarak.

Bakışlarını yana kaydırıp:

-İyi, dedi.

-Ayağa kalkabiliyor mu?

-Hayır.

-Konuşuyor mu?

-Çok az.

-Bir şey de yiyemiyor herhalde?

-Evet.

-Kaç günden beri buradasın?

-On.

-Hastalığı neymiş?

-Beyin kanaması geçirdi.

Ağzından kelimeleri cımbızla alıyordum sanki. Ben konuşmak için satırları uzattıkça o inadına kısa kesip aradan çekilmek istiyordu. Ama ses tonundaki asalet, mertlik ve dürüstlük beni öylesine etkiliyordu ki, bahar kokulu efsunların büyüsüyle kalbimi yerinden söküp alıyordu.

## RABBİM NE OLUR BENİ ONA YAZ

İçimden binlerce kez haykırıyordum Rabbime "Benim aradığım insan bu. Ne olur beni ona yaz!" diye...

Dökülen direncime mağlup düşerek kendimi Fatma Teyze'nin yanına atmıştım. Beyaz örtüler içinde kat be kat nurlaşmış siması insanı başka amellere götürüyor, baktıkça doyumsuz bir huzur veriyordu. Adeta kalbinin temizliği yüzüne yansıyarak insana ibretlik bir ömür dersi sunuyordu. Bu asil kadının hastalığı bile bir başkaydı. Yaptığı iyilikler kendisini nurdan bir haleye dönüştürerek sanki gözleri kamaştıran bir görünüm oluşturmuştu.

Tekrar Mustafa'ya dönüp:

-Acaba benimle konuşur mu? dedim. Hiç değilse geldiğimi görsün. Ona ödenmesi imkânsız borcum var benim.

Yüzüme bile bakmadan;

-Sorun, dedi. Sizi duyarsa cevap verir belki.

Mustafa'nın benimle kurduğu en uzun cümle bu olmuştu. Bunu bile bir umut sayarak sevinç içinde atıldım:

-Fatma Teyze, diye seslendim birkaç kez. Ama tepki vermiyordu. Yalnızca dudaklarını oynatmaya devam ediyordu.

-Bak, kendi kendine konuşuyor, dedim. Konuşmuş olmak için.

-Hayır, dedi Mustafa. O her gün yaptığı dualarını tekrar ediyor.

Ben odada daha fazla kalmak için çeşitli bahanelerle oyalanırken, Mustafa benden rahatsızlığını her davranışıyla belli ediyordu.

Ya gerçekten bana ilgi duymuyor, ya inancı gereği bir kızla yalnız kalıp karşılıklı konuşmayı günah sayıyor, ya da kendilerine yapılan o üzücü davranıştan dolayı kırgınlığını ortaya koymak istiyordu.

Ne olursa olsun, şu çok açıktı ki benim varlığımdan oldukça rahatsızdı. Bunu çok iyi bildiğim halde kovulma pahasını göze alarak direnmeye devam ediyordum.

Bir müddet daha odada oyalanıp Fatma Teyze'nin o gizemli dünyasını ibret içinde seyrederken, benim çıkıp gitmeyeceğimi düşünen Mustafa;

-İzninizle, benim doktorla görüşmem lazım, diyerek kapıya yöneldiği an kendimden büyük bir cesaret hissederek bir el işaretiyle onu durdurdum.

Bir saniye, dedim. Ben de kalmayacağım zaten. Ama size anlatacaklarım var.

Yeniden patlayan içimin tufanı, sanki vücudumu parçalarcasına büsbütün kontrolünden çıkmıştı. Nereden, nasıl başlayacağımın hesabı içinde gömülüp gitmiştim.

Acaba onu sevdiğimi ima etsem olur muydu?

Hayır, çok erken. Ya bir daha göremezsem? Evet, bu da vardı. Müthiş bir bocalama içinde birkaç kez başlamak istediysem de kelimeleri yutmak zorunda kaldım. Sonunda bütün cesaretimi toplayıp;

-Mustafa, dedim. Çok üzgünüm, çok mahcubum. Size yapılan nezaketsizliği asla hazmedemiyorum. Bunca zaman bunun üzüntüsüyle kendi kendimi yedim. Hem Fatma Teyze'den hem de sizden af diliyorum.

Dünyaya para gözlüğünden bakan insanlar başka öncelikleri göremiyor. İyilik ve yardım mantığını anlayamayacak kadar menfaat felsefesiyle yetişmiş insanlar, sizin dünyanıza o kadar yabancı ki...

Ben de o ortamda büyüdüm elbette. Ama yaşadığım hayatın ikiyüzlülüğü nedeniyle sizin saf ve dürüstlüğünüze vuruldum.

Mustafa elini kapı koluna atarak beni daha fazla dinlemek istemezcesine cümleyi bölüverdi.

-Geldiğinizi anneme söylerim, dedi. Müşterih olun, hem ben hem de annem sizi affettik.

Ben şimdi doktora gitmek zorundayım. Geldiğiniz için de çok teşekkür ederim.

Son bir hamle yaparak:

-Mustafa, diye atıldım tekrar.

"Ne diyorsun?" gibilerden gözlerini bana çevirdi ve sert bir bakış attı... Sanki "Artık ne diyorsan de ve git" anlamına gelen bir hareketti bu.

Zihnimden bir an bile çıkarmadığım ve ölesiye sevdiğim bu insanın ne yaptığını hiç düşünmeden konuşmamı sürdürdüm.

-Ben sizi asla unutmayacağım, dedim. Sık sık da ziyarete geleceğim. Sizler benim için çok özel insanlarsınız.

Çok zeki bir cevapla duygularımı ağzıma tıkamıştı:

-Annem, sizi kızı gibi sevdi. Ben de kardeşim gibi.

## BEN SENİ ÇOK SEVDİM

Her şeyin bittiği bu esnada içimden acı bir soluk, koparak boğazıma kilitlenmişti. Belki de bu, sönen umutlarımın son çırpınışıydı.

O anda Yüce Allah bir mucize oluşturdu sanki. Fatma Teyze'nin sesi duyuldu bir anda.

-Mustafa!

Kapı koluna tutunmuş elini bir anda bırakarak;

-Anne! diye koştu yaşlı kadına doğru.

Ben de bunu fırsat bilip tekrar dönüp Fatma Teyze'nin üzerine eğildim.

Beni karşısında gören Fatma Teyze, hiçbir şey olmamış gibi kollarını açarcasına bir hamle yaptı. Olgun simasına oturan cansız bir tebessümle beni kucaklamak istedi. Ben de içimde yükselen müthiş bir duyguyla üzerine kapanıp ağlamaya başladım.

Fatma Teyze'nin gözlerinden süzülen iki damla yaşın anlattığı o kadar derin manalar vardı ki... Kendine yakışan da buydu zaten.

Onca hakaretlere rağmen belli ki beni affetmişti. Bana olan o ana sıcaklığıyla sevgisi hâlâ eksilmemişti.

Allah'ım, bu insanlardaki incelik ve duyarlılık, insan kadri bilme, üzmeme, incitmeme anlayışının ne olur binde biri de ailemde olsaydı. Bu insanların yanında olduğum zaman bir yandan hiç yaşamadığım bir huzur buluyor, diğer yandan da her şeye rağmen gösterdikleri insanlık karşısında küçülüp kahroluyordum.

Gözlerimin derinliğinde kaybolmak ister gibi baktı, baktı. Konuşamadığı için sözlerini o nemli bakışlarıyla anlatıyordu. Bu öyle bir anlatımdı ki ne bir hatip, ne bir yazar, ne de bir bilim adamı böyle bir cümle kuramaz, gönüllerde böylesine bir yankı uyandıramazdı.

Beynimden ayak tırnaklarıma kadar beni titreten, ürperten, insanı kul köle yapacak kadar mest eden bir şefkat bakışıydı.

Ah keşke benim annem sen olsaydın. Şu bir anlık huzuru ömür boyu yaşasaydım. Yanınızda hayatın doyumsuz mutluluğuna erseydim. Sevgi dolu yüreğinizde yuva kursaydım...

Ah ne olurdu?

Ellerini tuttum, içimden kaynayıp gelen sözlerin en güzelini kendisi için sıralamaya başladım. Gözyaşlarıma karışan sessiz mırıldanışımı duymuş gibi gözlerini yeniden açtı.

Tek kelimelik sihirli bir sözcük çıktı ağzından. Heyecandan uçtu, geldi yüreğimin yangınına karışıp içimde silinmemek üzere ebedileşti.

-Kızım!

Ah Rabbim! Ömrümde bana bu kelimeyi kimse böylesine sımsıcak, esrarlı bir şekilde kullanıp içimde fırtınalar oluşturmamıştı.

Gözlerine yalvarırcasına baktım "Devam et" diye... Ama arkası gelmedi.

-Kızım!

Bu yeterdi benim için... Bu kelimenin içinde neler saklı değildi ki... Sevgi, şefkat, edep iffet, insanlık ve belki de gelinini görme arzusu.

Belki de...

Ama bu hayaldi, bunu çok iyi anlamıştım. Belki de hayalden öte imkânsızdı.

Olsun...

Şu anı, şu dakikaları, şu sahneyi yaşamak benim için ömre bedeldi.

Ellerimi hafifçe sıkıp tekrar bakışlarıyla yüzümü taradı. Bütün hücrelerime ulaşan bir elektriğin vücudumu etkilediği bir duyguydu, dokunuşları.

Bir an kendimi, onun önünde gelini olarak hissedip ona hizmet etmenin hazzını duymaya başladım.

Gelini olmak...

Fatma Teyze gibi tepeden tırnağa mütevazı bir kişiyle bir insanlık abidesi haline gelmek... Ona layık olmak... Bu ailenin manevi iklimi içinde hayal dahi edemediğim dünya cennetini yaşamak.

Ah hayallerim...

## AKLIMIN UÇTUĞU ANLAR

Ben bu doyumsuz âlemlerde seyahat ederken birden kapı açıldı, eğildiğim üzerinden kalkarak kenara çekildim.

Bir hanım...

Mustafa ise hanımı görür görmez dışarı çıkmıştı. Belli ki hanım hanıma konuşmalarımız arasında bulunmayı edep ve görgüsüne uygun bulmamıştı.

Allah'ım, şu inceliğe bakar mısınız? Böyle bir hayâ, böyle bir kibarlık kimde görülmüştü?

Bir kedi sessizliği içinde odaya süzülüp Fatma Teyze'nin üzerinde eğilen hanımın duruşu, vaziyeti, davranışları çok garipti.

Sanki toplum içinde hiç yaşamamış, paklığı ve temizliği asla lekelenmemiş, gökten zembille inmiş gibi bir görüntüsü vardı. Hele odaya yaydığı o mis gibi koku... Allah'ım, aklımı başımdan almıştı.

Karşısında bir anda şaşkınlığa büründüğüm bu esrarengiz hanımı merak edip yanına sokulmak istedim.

Allah'ım, gördüklerime inanamadım. Bu ibret ve gizem dolu sahne karşısında bir anda kendimi kaybettim. Beynim zonklamaya, kalbim yerinden sökülecekmiş gibi vurmaya başlamıştı.

Akılları durduran bu görüntünün içine girmek istercesine son bir hamle daha yaparak işte o anda bittim. Sonrasını hatırlamıyorum.

Kendime geldiğimde hanım gitmiş, Mustafa ise annesinin yanında çırpınıyordu.

-Anne! Anne! Cevap ver! Anne...

Esrarengiz bir şekilde gelip akılları durduran o kısacık bir zaman dilimi içinde Fatma Teyze'yi de beraberinde götürmüştü.

Allah'ım, bu bir rüya mıydı? Bir hayal miydi? Gördüklerim gerçek miydi? Yoksa bir senaryo muydu?

Başımı ellerimin içine alıp haykırmaya başladım. Hayatında iyilikten başka hiçbir şey yapmamış olan bu nur yüzlü hanımın başında yaşadıklarımı, gördüklerimi düşündükçe akılların durduğu o bilinmezler âleminde kaybolup gidiyordum.

Hemşire ve doktorlar bir anda odaya dolmuşlardı. Bizleri ise dışarı çıkardılar. Ama ayakta kalacak mecalim yoktu. Az önceki sahne beynimde binlerce, milyonlarca defa bir film karesi gibi durmadan geriye sarıyor, şahit olduğum o dudak uçuklatan manzara karşısında tek yaptığım şey Allah'a sığınmak oluyordu.

Benim kapı önünde çırpıntılarımı ve feryadımı gören Mustafa, belki de açık saçık bu görünümümü oraya yakıştırmayarak beni uyarmak zorunda kalmıştı.

-Lütfen, şimdilik bizi rahat bırakın.

Bu bir "Defol git" miydi? Yoksa daha sonra görüşürüz anlamı mıydı?

Şimdi bunları düşünecek halde değildim.

Fatma Teyze sedye ile indirilirken ben de duvar dibine çöküvermiştim. Beynimi kemiren o dayanılmaz sahneyi tekrar tekrar yaşamaya devam ediyordum.

## BU İBRETLİ SAHNE İÇİNDE KAYBOLMUŞTUM

Allah'ım, bu ne inanılmaz bir şeydi.

Etimi kemiğimden ayıran, ruhumu vücudumdan koparan, aklımı uçurup götüren bir sahneydi. Ya orada konuşulanlar... Harf harf beynime kazınmıştı. Nasıl unutulabilir? Ömrüm boyunca bir saniye bile aklımdan çıkmayacak kadar ibret ve ders doluydu.

O sahneyi yaşarken ilk kez neci ve kim olduğumu, neden dünyaya gönderildiğimi, insanlık için ne yapabileceğimi sorgulamaya başlayarak, ilk kez yaptıklarım karşısında kendimden utandım, lânetler yağdırmaya başladım.

Birkaç dakika içinde olup biten o anı ne anlatmaya aklım yeter, ne de kelimelerle tarif edilebilir.

Bilmem ki Fatma Teyze'yle, odasına bir melek gibi süzülerek giren o hanım arasında geçen konuşmaları başkalarına anlatsam bana inanırlar mıydı? Yoksa bunu duyanlar, bu kız aklını oynatmış mı derlerdi?

Ne derlerse desinler. Benim gördüklerim ve yaşadıklarım kesinlikle gerçekti. Ama nasıl bir gerçek? İşte onu ben de bilmiyordum.

Böyle bir şey yaşadım mı? Yaşamadım mı? Bunun maalesef bir izahı yoku. Ama bildiğim şu ki o sahnede iki kişi rol aldı, ben de onların şahidiydim. İster hayal, ister rüya, ister düzmece denilsin. Ben buna inanıyorum ya, bu benim için yeterliydi.

O sahne... Beni tarifsiz iklimlere uçuran, akıl sınırlarının ötesine geçerek kalp yoluyla doyumsuz bir seyir izleten o an...

Durmadan gözümün önünden gelip geçen o ibretli manevi film karelerini bir bir anlatayım da, benim gibi ruh dünyasından yoksun, maddeyi kendine ilâh edinenler ibret alsınlar. Anlatayım da, kendini zengin sananlar aslında ne kadar fakir; kendini fakir zanneden insanlar da ne kadar zengin olduklarını bilsinler. Anlatayım da, ölümle kucaklaşırken nelerin gerekli olduğunu fark etsinler...

Anlatayım... Başkasına değil, önce kendime... O ibret dolu dersler beynime işlesin de günahlarla filizlenen hayatıma bir umut olsun.

Anlatayım...

Dünyada bir eşini ve benzerini asla göremediğim o hanımın odaya girişiyle her şey başkalaşmaya, garipleşmeye, sanki baş eğmeye başlamıştı. Öyle ki odanın boyası, yerdeki halı, yatak örtüsü, kapı ve pencereler sihirli bir renge bürünüvermişti. Sanki yatağında cansız bir şekilde uzanan Fatma Teyze bir anda canlanıp cıvıl cıvıl bir insan oluvermişti. Gözlemleyebildiğim birçok detay ve ayrıntı, tek kelimeyle aklımı pes ettirmişti. O hanım, üzerindeki kıyafet ve başörtüsü örneğini başka bir yerde görmediğim efsunlu bir hale bürünmüştü.

Ciğerime çektiğim nefes sanki bir hava değil, içimdeki bütün günah, kötülük, kir ve pas, ne varsa temizleyip atan bir gizemli ilâca dönüşmüştü. Sanki o odada zaman durmuş, zaman içinde bir zaman oluşmuş, fani dünyada baki bir âlem kurulmuştu.

Elimi yavaşça elbisesine dokunmak ister gibi uzatınca, sanki etrafı görünmeyen surlarla çevrili direnç halkalarıyla karşılaştım. Dokunmak ve tutunmak mümkün değildi.

Bu durum beni büsbütün battıkça batan bir çıkmaza doğru itmiş, kendimi taşıyamaz hale gelmiştim.

Aralarında geçen konuşmalara odaklanıp son bir hamleyle kendimi bu iki dostun aralarına uzatınca, işte o an olan oldu.

Bu öyle yakıcı, öyle dehşet dolu bir andı ki; akılları durduran, gözleri kamaştıran ve dili susturan şaşırtıcı bir manzaraydı.

## ALLAH'IM! OLAMAZ BÖYLE ŞEY...

Yatakta yatan yaşlı ve bitkin Fatma Teyze değil, on sekiz yaşlarında ay parçası gibi görenlerin aklını başından alan bir dünya güzeliydi. Sanki Fatma Teyze, odaya giren bu bilinmez hanımın karşısına, genç kızlığının bütün ihtişam ve güzelliğiyle çıkmıştı.

Bu gerçek miydi Rabbim? Yoksa hayal mi görmüştüm?

Hayır, hayır... Her şey apaçık, ortada cereyan etmişti. Hem de ne müthiş bir ihtişamla...

Işıl ışıl yanan gözler, pırıl pırıl parlayan yüzler, odaya saçılan sihirli sözler, edeple, hayâyla açılıp kapanan dudaklar...

Ebedi bir hasrete odaklanmış gibi simalarda oluşan tarifsiz bir mutluluk.

Allah'ım, bu kadın da kim? Aralarında başlayan bu çok samimi sohbet sıcaklığında neler konuşuluyordu?

Kendimi yercesine, bitirircesine zorladım. Hiç değilse bir katresini duysam, o bile bana yetecekti. Belki de bu içten ve yürekten isteyişim karışında Rabbim bana o dünya ötesi konuşmaların bir kısmına şahit olma imkânı vermişti:

-Gözün aydın, dedi. Fatma kardeşim. Duaların kabul oldu, günahların bir bir silindi. Onun için Yüce Rabbim seni huzuruna en güzel halinle kabul edecek.

Fatma Teyze, bu sözler karşısında gözlerini kapatıp bayılacakmış gibi derin bir heyecan içinde;

-Çok şükür Rabbim! diye haykırdı. Demek günahlarım silindi öyle mi? Demek cahillik zamanında işlediğim hata ve kusurlar affedildi öyle mi? Demek Allah'a gafil olduğum günlerim çizildi öyle mi?

-Yüce Rabbim, kendini seven ve kendi rızası için çalışan kullarının isteğini geri çevirir mi? O'nun af ve merhameti o kadar fazla ki, bütün kulların günahı toplanır, O'nun affının bir damlası yapmaz. O samimi yürekleri, içten yakarışları, yürekten tövbe edenlerin hata ve kusurları için gözyaşı dökenlerin elini boş çevirir mi?

-Sen de gençlik sersemliğiyle hatalar ettin, günahlar işledin. Ama eşinin yardımıyla öyle bir iman mertebesi elde ettin ki, yüzlerce masumlara ve çaresizlere anne oldun. Onların reddedilemez dualarını aldın. Ve işte kazanan da sen oldun.

Şimdi birlikte bir yolculuğa çıkacağız.

-Yani, ben öldüm mü?

-Hayır, ölmedin. Çünkü şehitler ölmez. Onlar yalnızca mekân değiştirir, öbür dünyaya geçiş yapar. Onlar asla ölüm acısını tatmaz.

-Ama ben şehit değilim ki...

-Sen de manevi şehitsin.

-Manevi şehit ne demek?

-Ümmetin fesada gittiği âhir zamanda, Allah'ın emirlerine uygun yaşayıp insanlara ışık ve rehber olanlar manevi şehit olurlar. Tıpkı Allah yolunda kurşun yiyip şehit düşen gibi, onlar da hayatlarını Allah'ın emirlerine adayıp o makamı elde ederek, ölürler.

Bunun için sen de manevi şehit oldun, kabir ve haşir sorgusundan kurtuldun. Günahların temizlendi. Seni cennette bekleyen eşine koşacaksın.

Bir anda Fatma Teyze'nin gözlerinden yaşlar boşanmaya başlamıştı:

-Bu günahkâr halimle mi?

-Cennete yalnızca peygamberler günahsız girerler. O'ndan ümidini kesmeyen, O'na yönelip son çare olarak O'nu bilen kullar da cennete girecektir.

Gözlerinden saçılan umut ve sevinç ışıltılarıyla kulaklarını alabildiğine açan Fatma Teyze:

-Ya Rabbi! Bu günahkâr kulunu cennetlik kıldın. Ne olur bütün günahkâr Müslümanları da hidayete erdir, diyerek inliyor, göğüs kafesi de müthiş bir heyecanla körük gibi işliyordu.

Oturuşu, duruşu ve ses tonuyla dünya haline asla benzemeyen o gizemli hanım, Fatma Teyze'ye bulunduğu durumu daha iyi anlatabilmek için şöyle bir örnek vermişti:

## BEN AZRAİL'İM

-Adamın biri her duasında "Allah'ım, ruhumu alırken ruhumun bile haberi olmasın" diye dua edermiş. Bir gün hastalanmış, eşi yemek hazırlarken kapı çalmış, kapıdaki kişi "Arkadaşımın hasta olduğunu duydum, bunun için ziyarete geldim" demiş.

Hasta adam da arkadaşını görünce çok sevinmiş. Hoş sohbet sırasında;

"Gel seninle çıkıp biraz hava alalım, açılırsın" demiş.

Dışarı çıkıp biraz gezdikten sonra hasta olan;

"Artık eve dönelim" demiş.

Gelmişler ki evin önü çok kalabalık. Eşi ve çocukları ağlıyor, bir de ortada bir tabut var.

Bu garip manzarayı gören adam, arkadaşına sormuş:

"Bu kalabalık ne, eşim ve çocuklarım niçin ağlıyorlar? Hem şu yatan cenaze de kimin?"

"Gel biz de gidelim, bakalım şimdi öğreniriz."

Mezara gelmişler ki yeni açılan mezarın başında Peygamberimiz (a.s.m.) öğüt veriyor, birçok insan da O'nu soluksuz bir şekilde dinliyorlar. Onlar da bu doyumsuz sohbete katılıp adeta nefes almadan takip etmişler.

Epeyce bir zamandan sonra hasta olan, arkadaşına dönmüş:

"Artık gidelim" demiş. "Eşim ve çocuklarım merak ederler."

Ama arkadaşından çıt yokmuş. Aynı sözü üç kere tekrarlamış, yine bir cevap alamamış.

Birkaç defa daha tekrar edince nihayet arkadaşı dönmüş:

"Sen dua ederken, sürekli olarak Allah'ım, ruhumu alırken ruhum bile duymasın demiyor muydun?"

"Evet."

"İşte sen öldün, ruhun bile duymadı. Sen ömür boyu yoksullara, çaresizlere ve mağdurlara yardım edip onların makbul duasını aldığın için manevi şehit olarak ruhun alındı ve ölüm acısını hiç tatmadın. Çünkü çaresizlere çare olan hayır sahibi insanların günahları affedilir. Görünüşte günahkâr olsalar bile, işledikleri hayır yüzünden affedilip cennete girerler."

"Peki sen kimsin?" diye sormuş.

"Ben Azrail'im" demiş.

O an beynime şiddetli bir balyoz indiğini hissetmiştim. Birden gözüm kapanmış, kulaklarım zonklamaya, başım dönmeye başlamıştı. Ardından müthiş bir sarsıntıyla kendimi yerde bulmuştum.

Fatma Teyze... Seni nasıl tarif edeyim, seni nasıl anlatayım bilmem ki. Sen meğer Yüce Allah'ın sevdiği, Azrail'in arkadaş olduğu nadide bir insanmışsın. Senin öylesine yüce bir merhametin varmış ki, son nefesinde bile günahkâr Müslümanlar için dua edip çırpınıyordun.

Ne olur Allah'ım! O duaların biri de bu kuluna isabet etsin, ne olur!

Kapının önünde yükselen feryadım öylesine etrafı çınlatıyordu ki, herkesin bana baktığını fark ettim. Sele dönüşen gözyaşlarımı durduramıyor, yüreğimde yükselen dalgaların şiddetine hâkim olamıyordum.

Bütün bu olanlardan sonra yeni bir hayata başlangıç yapmam için, bir yol haritasına ihtiyacım vardı... Hemen şimdi, hemen burada... Bir saniye kaybedecek zamanım yoktu.

Allah'ım, bunu nasıl yapacaktım? Nereden başlayacaktım? Bana kim yardım edecekti? Mustafa, varlığımdan bile rahatsızdı. Benim dünyamı kendi dünyasından o kadar uzak görüyordu ki, etrafımdaki bu dönüşümün amacını anlamıyor veya anlamak istemiyordu.

Haksız mıydı? Elbette ki hayır...

İki ayrı dünya...

Bir tarafta harama bulaşmamak, aklını, fikrini bozmamak, tertemiz hayatına bir kir, bir leke sürmemek için kendini, iç dünyasına hapseden Mustafa; bir tarafta da ömrü affedilmez günahlarla bezenmiş, yaptığı çılgınlık, işlediği hatalar karşısında deli divaneye dönen şaşkın kız İlkay...

Bu iki dünya nasıl bir araya gelebilir? Yüzlerce kokmuş nefesi taşıyan ben ile harama el sürmemiş Mustafa öyle mi?

Bunu hayal etmek bile bir çılgınlık, hatta bir aptallık...

Mustafa gibi hayâ ve edep abidesi olan birisi bana talip olsa bile, "Benim gibi karanlık geçmişe sahip, yanlışlarla örülü bir ömre sahip bir kız sana layık değil!" demem lazım değil mi?

Ben ne biçim bir insanım? Pırıl pırıl bir ruhla, her zerresinden haram damlayan bir bedeni nasıl birlikte düşünebilirim?

## OLMAZ, ASLA OLAMAZ...

Evet, doğrusu ve mantıklısı bu...

Fakat şu gönlüm ferman dinlemiyor. Şu aklım sus deyince susmuyor. Bu aşk kulaklarını bana kapamış, ikazlarıma aldırmıyor.

Geçmişim hazin bir günah deryası gibi dalgalanırken, ruhum melek gibi birisini arıyor.

Allah'ım, sen yardım et bana. Ne olur.

Peki, günahlar işledim diye benim yeni bir sayfa açmaya hakkım yok mu? Yanlışlarımı terk edip onlardan kurtulmak istememe izin verilemez mi? Af dileyen geri çevrilir mi?

Fatma Teyze bile gençliğinde işlediği günahlardan affedilip cennete giden bir günahkâr olursa, acaba benim için de o kapı açılmaz mı?

Allah'ım, ne olur. Bana bir yol haritası göster. Bir ışık gönder... Bir rehber sun. Tutsunlar elimden, beni de bu büyülü dünyanın huzurlu insanları arasına alsınlar, ne olur...

Ağlamaktan gözlerim kapanmıştı. Kendimi öylesine helak etmiştim ki, etrafımdaki insanlar yanımdan geçince beni acı dolu bakışlarla süzüyorlardı.

Annesinin morg işleriyle uğraşan Mustafa bile bu halime dayanamayıp nihayet yanıma geldi.

-İlkay Hanım, dedi. İlk karşılaştığımız andan itibaren bana olan ilginizin farkındayım. Sizin bu duygunuzdaki samimiyetinizden de şüphe etmiyorum. Ama sizin aradığınız bende yok. Boşuna acı çekmenizi istemem. Siz annemin çok sevdiği bir emanetsiniz, ben de sizin kardeşinizim.

Hiç mi hiç cevap vermedim. Bu son nokta mıydı, yoksa beni muhatap kabul etmesi bile bir ümit, bir gelişme miydi?

Mustafa'nın karşısında daha fazla dayanamayarak, mecalsiz kalmış halimle yere yuvarlanmamak için kendimi duvarın dibine bıraktım.

-Ben sizleri çok sevmiştim, diye bağırdım sesimin çıktığı kadar. Gecenin o vaktinde sizin kapınızı çalmamın hiç mi ilahi bir mesajı yoktur? Ben et kemik sevdalısı değilim, beni neden anlamıyorsunuz? Bana dünyanın cennetini gösterdiniz; şimdi de oradan beni kovmak istiyorsunuz. Bu nasıl bir vicdan, bu nasıl bir merhamet? Bu sizin asaletinize nasıl yakışır?

Mustafa, birkaç adım uzaklaşmışken tekrar dönüp yanıma gelmişti.

Yüzünde müthiş bir hüzün ve dudaklarında acı dolu kıvrımlar oluşmuştu. Belli ki yüreği yerinden hicranla oynamış, kalbi merhamet hisleriyle ayağa kalkmıştı.

-Ben sizi çok iyi anlıyorum, dedi. Ama siz beni anlamıyorsunuz. Biz farklı dünyaların gençleriyiz. Ortak hiçbir noktamız yok. Bunun için bana ümit verecek bir ışık göremiyorum. Bizim evlenebilmemiz için, sizin Hifa Hatun, benim de Süheyb olmamız lazım. Bu da mümkün olmadığına göre size dua etmekten başka çarem yoktur. Bütün buna rağmen Rabbim isterse ona da boyun eğeriz.

Döndü gitti.

Ortada kalakalmıştım. Bu sözler, umut ile umutsuzluğun bir yumak halinde içime köz gibi düşüşüydü. Uzak bir ihtimal de olsa bir kapı aralanmıştı yine de. En azından ben öyle değerlendirmiştim. Bu bile bana yeterdi artık...

## HİFA HATUN İLE SÜHEYB'İN HİKÂYESİ BENİ ÇOK ETKİLEMİŞTİ

Ömrümde ilk kez bu kadar sevdiğim iki dostun birisini cennete, öbürünü de gönlümün ta derinliklerine uğurlamıştım. Ama Hifa Hatun ile Süheyb'i de çok merak etmiştim. Belki de bu hikâyede benim için yeni kapılar, yeni umutlar gizliydi. Derhal bu öyküye ulaşıp baştan sona okumalıydım.

Kafamda Hifa ve Süheyb isimleri yankılana yankılana hastaneden çıktım. Hiç zaman kaybetmeden tam karşı caddede yer alan dini kitapların satıldığı kitapçıya attım kendimi.

-Bana Hifa Hatun ve Süheyb'in hikâyesini verin, dedim büyük bir telaş içinde.

Adam hiç sesini çıkarmadan bana bir kitap uzattı.

-Bunun içinde bahsettiğiniz öykü var, dedi.

Kitabı açtım ve hemen oracıkta gömüldüm sayfalara...

Aman Allah'ım!

Bu bir hikâye değil, insanın kanını donduran, aklını başından alan bir ibret belgesiydi. Bundan etkilenmemek, yeniden kendini sorgulamamak ne mümkündü. Aşk ve sevda adına et ve kemiğe sarılan hikâyelerin ayaklar altına alındığı bir yüzleşmeydi.

Duygulandım, titredim, "Bana da böyle bir sevda" diye Rabbime yalvardım.

Hifa Hatun...

Güzelliği ve zenginliği dilerle destan olmuş bir ay parçası... Peşine düşmeyen krallar, vezirler ve sultanlar kalmamış...

Kimi ayaklarına halılar sermiş... Kimi cevherler ve paralar dökmüş, kimi köyler ve kasabalar bağışlamış, kimisi de sarayının anahtarını yollamış...

Hifa Hatun'un gönlü ebedi sevda ve ilahi aşkla yanmış...

Bir gün Efendimizin (a.s.m.) huzuruna çıkıp;

-Ey Allah'ın Resulü (a.s.m.), demiş. Bana, beni cennete götürecek bir şeyler öğret.

Hifa Hatun, Peygamber Efendimizin (a.s.m.) "gündüzleri oruç tut" ya da "geceleri namaz kıl" gibi bir tavsiyede bulunacağını sanmış.

Efendimiz (a.s.m.) ise;

-Ya Hifa, senin önce evlenmen lazım, diye buyurmuş. Zira bununla dininin yarısını emniyete alırsın!

Hifa, büyük bir teslimiyetle boynunu bükmüş;

-Siz kimi münasip görürseniz ben ona razıyım, demiş.

Efendimiz (a.s.m.);

-Yarın sabah mescide ilk gelenle evlen, buyurmuş.

Hifa Hatun ise, bu teklifi tereddütsüz kabul etmiş.

Bu haberi Süheyb adında fakir ve gariban bir sahabe de duymuş ama asla dikkate almamış.

Çünkü evi yurdu olmayan, karnını zor doyuran, kâh ağaç altında, kâh mescitte sabahlayan bir garibanın, zenginliği ve güzelliğiyle ünlü birisini gönlünden geçirmesi ne mümkün?

Ama bakın şu Allah'ın işine ki, o sabah bütün sahabeler çeşitli sebeplerden dolayı geç kaldıkları halde, Efendimiz (a.s.m.) ilk gelenin Süheyb olduğunu görmüş.

Efendimiz (a.s.m.) namazdan sonra Hifa Hatun'u çağırtıp neticeyi bildirmiş. Tam bir teslimiyet içinde olan Hifa Hatun asla sesini çıkarmamış.

Efendimiz (a.s.m.) güzel bir hutbe okumuş ve nikâhlarını kıymış, sonra da dünyada hiçbir maddi varlığı olmayan

Süheyb ile kralların uğruna yarıştığı Hifa Hatun'u eve yollamış.

O gece;

"Ya Hifa, demiş Süheyb. Biliyorum, sen benim için bulunmaz bir nimetsin. Ben ise senin için sadece bir yüküm. Bunun için benim şükretmem, senin de sabretmen lazım. İster misin şu geceyi ibadetle geçirelim. Zira Efendimiz (a.s.m.) "Cennette yüksek bir çardak vardır. Orada yalnız şükredenlerle sabredenler otururlar." buyurmuştur.

Öyle de yapmışlar, seccadelerini gözyaşları ile ıslatarak, kalplerini zikir ile aydınlatmışlardı.

Cebrail Aleyhisselam, olup biteni Resulullah Efendimize (a.s.m.) anlatmış, onları Yüce Allah'ın cennetle müjdelediğini söylemişti.

Ertesi sabah, namazdan sonra Efendimiz (a.s.m.) Süheyb'i yanlarına oturtarak;

-Ey Süheyb, demişti. Geceki halini sen mi anlatırsın ben mi anlatayım?

Süheyb gözlerini yere eğerek;

-Allah'ın Resulü (a.s.m.) en iyisini bilir, cevabını vermişti. Efendimiz (a.s.m.) ise;

-Ne mutlu size, demişti. İkiniz de cennetliksiniz.

Süheyb derhal secdeye kapanarak;

-Ya Rabbi! diye yalvarmıştı... O ki beni affettin, o zaman günahlara bulaşmadan canımı al! diye secdeye kapanmıştı.

Ruhundaki iman öylesine coşmuştu ki, Yüce Mevla bu dileğini kabul ederek, daha secdedeyken ruhunu teslim almıştı.

Mescitte bulunan sahabeler büyük bir şaşkınlık içinde gözyaşı dökmüşlerdi.

Efendimiz (a.s.m.);

-Size daha şaşılacak bir şey söyleyeyim mi? demişti, bu olayın şaşkınlığı içinde secdeye kapanan Müslümanlara.

Şu anda Hifa Hatun da ruhunu Hakk'a teslim etti.

Bu iki Allah aşığının mezarlarını yan yana yapmışlardı.

Birinin mezar taşına; "Şükredenlerden Süheyb", öbürüne de "Sabredenlerden Hifa" yazmışlardı.

Bu fani dünyanın fani aşkına bedel, onlar ebedi dünyanın daimi sevdasını bir daha ayrılmamak üzere hak ederler.

Beni derinden etkileyen bu hikâyeden gerekli dersleri çıkarmıştım. Mustafa'nın beni neden reddettiğini de çok iyi anlamıştım. Belki bir Hifa Hatun olamazdım ama Allah'ı çok seven bir kul olup Mustafa'ya layık hale gelebilirdim. Başka şansım da yoktu. Öyleyse bu imtihanı kazanmak için gece gündüz çalışmam gerekirdi. Bu dünyada olmasa da ahiret için Rabbime yalvarmalıydım.

Beynime paslı bir çivi çakılırcasına buna karar verdim.

Mustafa'nın Hifa'sı olacaktım.

Dünya ve ahiret arasında kendimi kaybettiğim bir anda çalan telefonun sesiyle kendime geldim. Arayan özel şoförümdü.

-Hanımefendi, dedi çok telâşlı bir şekilde. Derhal gitmemiz lazım.

İçime küt diye bir korku düşmüştü.

-Bir şey mi oldu? dedim anne ve babamı düşünerek.

-Ben sizi otoparkta bekliyorum, biraz çabuk olun lütfen...

Bu telaşı beynime çakılmıştı.

-Söyleyin, dedim. Beni çıldırtmak mı istiyorsunuz?

-Babanız ve anneniz kaza yapmış. Bizi acilen bekliyorlar, dedi.

Bu, aklımın başımdan gitmesine yetmişti.

-Ne olmuş? diye bağırdım kendimi kaybederek.

-Bir şey yok, yemin ederim. Hayati tehlikeyi atlatmış, bizi bekliyorlar.

Artık nasıl dururdum oralarda. Bu öyle bir yolculuktu ki, saniyelerin yıl olduğu, dakikaların bir ömre bedel geldiği bir yolculuk...

Bir taraftan ecelle pençeleşen anne babam, öbür yandan ruhumu kopartarak birlikte götürdükleri Mustafa ve Fatma Teyze.

## ALLAH, PEYGAMBER DÜŞMANI BABAM

Şehrin en büyük hastanesinin denize bakan kral odasında anne babamla karşılaşınca derin bir soluk almıştım. İkisi de geçirdikleri kazadan sağ salim çıkmışlardı. Bilinçleri açık, korkulacak bir durumlarının olmadığını öğrenince Rabbime şükrettim.

Babam ve annem beni karşılarında görünce kendi hallerini unutup Mustafa'yı ikna edip edemediğimi sordular. Çünkü onların niyeti beni kavuran gizli sevdamdan öte Mustafa'nın dürüstlüğünden ve yeteneklerinden istifade etmekti.

-Hayır, dedim. Annesini kaybettiği için bunları konuşamadık.

-İyi be, dedi babam sözümü bölerek. Çok da yapışkan bir kadındı. Sanki seni o doğurmuş gibi etrafında dolanıp duruyordu.

Cevap vermedim. Babamın kafasına örülen ön yargılar nedeniyle ona doğruları anlatmam mümkün değildi.

-Ama sen Mustafa'yı bırakma... Peşine düş... Onu ikna ettin mi hem çok kaliteli bir eleman buluruz, hem de para musluğuna güvenilir bir insan oturturuz.

Yoksa onun imamlığına, dinine, imanına hevesli değilim. Bize istediğimiz performansı versin de ötesini kendisi bilir. Hem bakarsın onca genç hanımların içinde çözülür, biz de memleketi bir bağnazdan kurtarmış oluruz.

Ah babam... Senin ruhun, aklın, gönlün öylesine karartılmış, yalan yanlış fikirlerle doldurulmuş ki bunu sökmek ne mümkün. Ah o insanları bir tanısan benim gibi aşık olursun ama nerede o insaf sende?

Babamın akıl hocaları yıllardır onu şu görüşlerle avuçlarının içine almışlardı:

"Memleketi irticacılar ele geçirmek istiyorlar. Eğer bu gerçekleşirse ne kadar lâik ve demokrat varsa hepsini keserler. Bunun için dindar bir gençliğin yetişmesine mani olmak lazımdır. Hatta hiç acımadan daha onlar yeşermeden başlarını koparmak gerekir."

Bundan dolayı babam her darbeye, her ihtilale, her muhtıraya destek vermişti.

28 Şubat sürecinde dindar insanlar evlerinden alınıp karakollara ve mahkemelere yollanınca babam sevinç gözyaşları dökmüştü.

Derin devletin dindar ve sağ eğilimli iktidarlara karşı yaptığı eylemleri sonuna kadar alkışlamıştı. Yalnız bunlarla kalmamış, dindar bir neslin oluşmaması için bu kesime karşı illegal yapılanmalarla savaş açan kişi ve yapılanmalara akıl almaz maddi destekler vermişti.

Dedem dini bütün bir insan olmasına rağmen, daha iyi bir eğitim için babamı Fransa'ya göndermiş. Maalesef babam ise gelenek ve göreneklerimizin, inanç ve kültürünün düşmanı olup çıkmış.

"Bu benim en büyük hatam" diye dedem ömür boyu söylenip durmuştu. Belki de bu yüzden kahrından ölüp gitti.

Bizim ailede Allah'ın, dinin ve hatta mübarek gecelerin bile adı telaffuz edilemezdi. Kurban kesmek bir vahşet, hacca gitmek Araplara döviz kazandırmak olarak değerlendirilirdi.

Öyle bir çevre içindeydik ki, babamın dostları Kur'an ve Peygamberle alay eden, para ve maddeye tapan garip ruhlu insanlardı.

İşte ben böyle bir hayat ortamında büyüyüp şekillendim. Benim için tek kural özgür ve çağdaş hayatı doyasıya yaşamaktı. Bu yüzden daha ilköğretim okulunda erkeklerle arkadaşlık kavramı beynime yerleştirilmişti. Toplumun önemsediği ar, namus ve iffet gibi bir kızda beklenen temel değerlerden uzak büyümüştüm. Özellikle de dini ve din kurallarını özgürlüğümün önündeki en büyük engeller olarak görüyordum.

Bütün bu hayat felsefeme rağmen, bir türlü mutlu olamıyor ve istediğim huzuru elde edemiyordum. Bu yüzden gitmediğim ünlü psikolog ve psikiyatr kalmamıştı. Bu çırpınışlar sonunda şunu çok iyi anlamıştım ki benim içimde hissettiğim ve adını koyamadığım bir özlemim ve hasretim vardı. Ama bunun ne olduğunu bir türlü çözememiştim.

Sahip olduğum imkânlar ve herkesin imrendiği bu lüks hayat ruhumun derinliklerindeki açlığı gidermiyor, içimin sevdasına bir çare olmuyordu.

Tek tük çevremdeki aile terbiyesi ve Anadolu kültürüyle yetişmiş insanları tanıdıkça farklı bir dünya keşfetmeye başlamıştım. İnsanlık değerleriyle bezenmiş bu dürüst, pak ve samimi kişilerin dünyasına adeta âşık olmuştum.

Güler yüz, sımsıcak bir dostluk, yürekten bir sevgi, karşılıksız bir arkadaşlık bağı, maddenin ve menfaatin kirletmediği pırıl pırıl bir ruh... İşte benim aradığım buydu.

Ailemin bütün direncine rağmen zaman zaman Anadolu'ya geçip candan dostların arasına karışmaya başlamıştım. Bu bana öylesine bir huzur ve mutluluk veriyordu ki, ne Paris, ne Londra ne de New York'ta bu ruh ikliminin binden birini bile bulamamıştım. Meğerki dünyanın dört bir yanında aradığım sevdayı eli nasırlı, yüzü güneş yanığı Anadolu insanının haramsız ve riyasız yüreğinde bulmuştum.

Benim hayatımın en büyük keşfi olan bu dünyayı tanıdıkça, ailemden farklı düşünmeye ve olayları farklı yorumlamaya başlamıştım. Bütün duam ve temennim bir gün babamın da bu gerçeği anlayarak paranın esaretinden kurtulması, yüreğinin ve vicdanının sesine kulak vermesiydi.

## İNSANLIK DERSİ VEREN YÖRÜK KARI KOCA

Kalbimdeki temenni ve kafamdaki hayallerle hastanenin en lüks odasında annem ve babamdan nasıl kaza yaptıklarını dinlerken, odaya hastanenin başhekimi ve bir polis girdi.

-Kazanın görgü şahitlerini bulup getirdik Eren Bey, dedi.

Odaya, otuz-otuz beş yaşlarında gösteren mahcup bir hanım, kırk-kırk beş yaşlarında olduğunu sandığım çekingen bir erkek getirildi. Karı koca oldukları belli olan bu iki köylünün, itilip kalkılarak getirildikleri her hallerinden anlaşılıyordu. Üzerlerindeki giysilerden fakir, gariban ve zavallı insanlar oldukları da açıktı. Hallerine, duruşlarına ve ürkekliklerine bakınca çok acımıştım. Ayrıca bu işin sonunu da çok merak etmiştim.

Acaba babam kendilerine yardım eden bu insanları ödüllendirmek mi istemişti? Yoksa kazaya sebep oldukları için cezalandırmak mı? Görünürdeki duruma bakılırsa herhangi bir ödül işareti yoktu.

Bu iki zavallı insana içim öylesine ısınmıştı ki her hallerinden çaresizlik, masumiyet ve suçsuzluk okunuyordu.

Babam kaşlarını çatarak:

-O çantayı siz mi aldınız, diye çıkıştı. İçi çek, senet ve para doluydu.

Adamcağız ağlamaklı ve dokunaklı bir ses tonuyla:

-Hayır beyim, dedi. Biz öyle bir şeyi ne aldık, ne de gördük.

-Nerede öyleyse? diye bağırdı babam sesinin çıktığı kadar.

-Polis beye her şeyi anlattık beyim, dedi başını mahcubiyetle yere eğerek.

Ortamın bir anda gerilmesi nedeniyle devreye polis girdi.

-Efendim, olay şehir dışında olduğu için jandarma el koymuş. Biz de gerekli bilgileri onlardan aldık. Olay şöyle cereyan etmiş:

Siz hanımefendiyle birlikte Toros Dağları'nı aşarken hafif kar serpintisi yüzünden uçuruma yuvarlanmışsınız. Orası keskin bir yamaçtır, altında da derin bir vadi vardır. Arabanızla takla atarak tabana kadar inmişsiniz.

Kaza yerinde bulunan içki şişelerinden dolayı, o esnada alkollü olduğunuz da anlaşılmaktadır.

Babam yapılan iş çok normal bir şeymiş gibi polise karşı sert çıkışlarını sürdürüyordu:

-Evet, içtik. Cezası neyse çekeriz. Siz asıl konuya gelin. Çanta nerede?

Polis, bir uşak gibi azarlanma karşısında sert bakışlarıyla tepkisini derhal ortaya koymuştu. Ama yine de nezaketi elden bırakmamıştı.

-Bu aile de orada koyun otlatan Yörüklerdir, diye devam etti. Sizin kaza yaptığınızı görünce o uçurumdan inerek sizi arabanın altından yaralı bir halde kurtarmışlar. Sonra da diğer arkadaşlarının yardımıyla ağaçtan kızak yapıp sizi yukarı çekmişler. Yolun kapanması nedeniyle de sizi çadırlarına almışlar, o gece donmaktan kurtarmışlar.

Bu hayırsever ve merhametli insanlar sizlerin yardımına koşmasalardı, ya soğuktan ölürdünüz, ya da yırtıcı hayvanlara yem olurdunuz.

Bu fedakâr ve iyi niyetli karı kocanın yaptıkları karşısında utancımdan terliyor ve yerin dibine geçiyordum da, anne ve babamda en ufak bir minnet doygusu oluşmuyordu.

Allah'ım, bu nasıl bir şeydi? Kalplerinde en ufak bir insanlık değerinin kalmadığını görünce dehşete kapılıp kahroluyordum. Nasıl olup da yıllardır bu insanların dünyasında yaşamıştım? Düşünmek bile bana ürperti veriyordu.

Polis açıklamasını sürdürüyordu:

-Yapılan aramada bahse konu olan çanta ile diğer evraklar jandarma tarafından bulunarak emniyete alınmış.

Suçladığınız bu insanlar ise sabahleyin yolun açılmasıyla birlikte sizi şehre, hastaneye yetiştirmişler. Bütün harcamaları da ceplerinden ödemişler.

Daha fazla kendimi frenleyemeyerek hışımla babama döndüm:

-Siz de bu eli öpülesi insanlara hesap sormak için mi buraya çağırdınız? Ben bu insanlık dersinin karşısında küçülüp ecel terleri dökerken, sizin kılınız bile kıpırdamıyor. Bu ne biçim bir davranış? Ne oldu sizin hislerinize, duygularınıza; taş mı kesildiniz Allah aşkına?

Babam her zamanki tavrıyla beni hiç duymamış gibi yaptı:

-O zaman harcadıkları parayı verip gönderin bunları, demekle yetindi.

Adam, gözlerini babama doğru dikip vicdanları titreten bir ses tonuyla haykırdı:

-Sen hiç Allah'tan korkmuyor musun beyim? dedi.

O akşam benim hanım sizi sırtında yukarı çekmek için kendini ne kadar zorladıysa, gece bebesini düşürdü. On yıldan beri çocuğumuz olmuyordu. Biz sana bir can feda ettik. Siz bize ne sual soruyorsunuz? Biz buna rağmen sizi dışarıda bırakmadık.

O sabah yollar açılınca sürekli kan kaybeden hanımımı ve ağır yaralar içinde inleyen sizi hastaneye getirecek paramız yoktu da elden ödünç aldım. Sizden bir teşekkür beklerken hasta yatağından kaldırıp hanımımı zorla buraya getirdiler. Baksanıza, ayakta duracak bir mecali yok zavallının. Beni köyden yaka paça buraya getirtip idamlık gibi karşınıza diktiniz.

Bakın beyim... Biz insanlara para için değil, insanlık için yardım ederiz. Garibana, yolda kalmışa, yardıma muhtaç olana kapımızı açar, bütün imkânlarımızı seferber ederiz. Onların canı canımız, malı da emanetimizdir. Biz büyüklerimizden böyle gördük. Bunları da takdir için değil, Allah rızası için yaparız.

Senin paran bizim elimizi, cebimizi ve midemizi kirletir. Al da onu suratına çal.

Bütün hislerimi ayağa kaldıran bu müthiş çıkışın ardından derin bir suskunluk çökmüştü.

Başhekim, polis, ben, annem ve babam karşısında dağlar gibi dimdik duran bu iki insanın vefası ve yardımseverliği önünde demirler parçalanır, granitler erirdi. Bu kükreyiş yüreklere ok gibi saplanarak odada tarifsiz bir baskı oluşturmuştu.

Belki de babam hayatında ilk kez "pes" etmişti. Başını çaresizce önüne eğip kendi duyacağı bir şekilde 'Affedersiniz' diye mırıldanmak zorunda kalmıştı.

Önlerinde binlerce kez eğilerek, ayaklarının altını öpmenin benim için bir şeref olacağı bu cesur ve yürekli karı koca dışarı çıkınca, babama açtım ağzımı yumdum gözümü.

Aylardır içimde biriken bütün nefretimi ve kinimi bir bir kustum, oracıkta.

Paranın kölesi olan bir insana tam bir insanlık dersi veren o masum iki kişiyi gözlerine sokmaya çalıştım.

Ve ardından içimi buz gibi eden o soruyu sordum:

-Sizin yanınızda böyle bir kaza olsaydı, aynı fedakârlığı siz yapar mıydınız?

-...

-O zaman sizden aldığım hayat dersi buraya kadar.

Daha fazla dayanamayarak kapıyı suratlarına çarpıp kendimi dışarıya atmıştım. Çünkü daha fazla kalsam çıldırıp saldıracaktım.

Koşa koşa o iki muhterem insana yetiştim. Ellerine kapanıp "Af" diledim.

Yüreği ağzına kadar sevgi dolu hanım:

-Sen o adamın neyi oluyorsun kardeş? diye sordu.

-Kızıyım, dedim.

-Hey yüce Allah'ım, diye ellerini havaya kaldırdı. Sen kurudan yaş, yaştan da kuru yaratırsın. Zalim bir insana böyle melek gibi bir kız verirsin.

Hey büyük Rabbim!

Dönüp boynuma sarıldı.

-Yüce Allah'ım, seni azizlere dost etsin, dedi.

Derin bir "Âmin!" diyerek ceplerine bir miktar harçlık koymak istedim. Ama ne mümkün.

Beş kuruş parasız, dökülmüş ve eski kıyafetleri, parçalanmış ayakkabılarıyla insanın içine işleyen bir masumiyetin örneği olan bu iki kahraman insanı, gözyaşlarımı içime akıta akıta büyük bir hayranlıkla seyrettim.

Ömür boyu bu insanların tertemiz dünyasında sıradan bir insan olarak bulunmayı ne kadar istedim anlatamam. Nursuz, soğuk, insanlık değerlerinden nasibini almamış kişilerin yanında baş olmaktansa, sımsıcak yürekleriyle insana doyulmaz bir sevgi sunan bu garibanlara ayak olmayı tercih ederdim. Karı koca bu iki yürek beni kendilerine âşık etmişlerdi.

Hiç etkilenmediğini sandığım babamın bile bu olay karşısında sarsıldığını hayretle görmüştüm. Yaşadıkları yüksek dağların mis gibi havasıyla yetişen bu Yörük aile, babama hayatının en büyük dersini vermişti. Bu yüzden babam müthiş bir iç hesaplaşmaya düşmüştü. Her ne kadar bana itiraf etmese de anneme sık sık bahseder olmuştu.

Hele o gece rüyasında gördüğü babasından: "Senden utanıyorum evladım!" diye bir azar yemesi bardağı taşıran son damla olmuştu. Artık babamda gözle görülür bir yumuşama hissediyordum. Bu ise beni çok mutlu etmişti. Yine de bunun bir rol olmaması için Allah'a yalvarıyordum.

## ALLAH'IM, BU HEYECANA NASIL DAYANILIR?

İşte o gece oturup karar vermiştik ailece...

Annesinin vefatı dolayısıyla ailece Mustafa'ya gidip başsağlığı dileme bahanesiyle son ricamızı, hatta son yalvarışımı sunacaktık. Onu ikna ederek babam işe alacak, kendisine istediği seçenekleri sunacaktı.

Rabbim! Bu işin kararı bile sevincimden uçurmuştu, beni... On altı yaşındaki bir genç kızın uçuk kaçık hayallerine bürünmüştüm bir an... Onunla yeniden karşılaşmanın heyecanı yine bütün duygularıma tavan yaptırmıştı. Birkaç gün sonra yola çıkıp bir akşam vakti, o şirin şehrin gecekondu mahallesindeki iki odalı toprak evinin önüne vardığımızda artık nefesim bile pes eder durumdaydı.

Kapıyı açan Mustafa bizleri karşısında görünce çok şaşırmıştı.

Aldığı ahlâk ve görgü gereği bizi kapıdan geri çeviremezdi. Mutlaka içeri buyur etmesi lazımdı. Çünkü onu çok iyi tanıyordum.

-Hiç beklemiyordum, diye bir tepki gösterdi yalnızca.

Bu aslında "Siz ne kadar utanmaz insanlarsınız, bir türlü kurtulamıyorum" demeye benzer bir çıkıştı.

Kenara çekildi ve zoraki bir ses tonuyla:

-Buyurun, dedi.

Hayatımın milâdı kabul ettiğim o esrarlı eve yeniden ayak atınca depreme tutulmuş gibi sarsılmaya, zangır zangır titremeye başlamıştım.

Benim bu halimi gören annem:

-Yavaş ol kızım, ne bu heyecan. Düşüp bayılacaksın şimdi, diye beni uyarmak zorunda kalmıştı.

Evet, gerçekten yere yığılmamak için parmaklarımı avuçlarıma alıp kırasıya sıkıyordum.

Dünyamı ters düz eden Mustafa ile ilk karşılaşmam burada gerçekleşmişti. O can alıcı bakışlarını gözlerime saldığında alev alev yanmıştım. Hele Fatma Teyze'nin huriler gibi beni sarıp sarmalayarak tam bir ana şefkatiyle eve alışı, hâlâ gözlerimin önündeydi.

Ah bu ev... Sen bana, beni keşfettirdin. Bana insanlığı, sevgiyi öğrettin, bana erdemi ve ebedi âlemi tanıttın.

İtinalı bir el maharetiyle temizlenip düzenlenmiş küçük odaya girdik. İnsanın ciğerlerine kadar dolan bir huzur iklimi karşılamıştı bizi... Belli ki bu evde oturanların dünyasının efsunlu kokusuydu bu...

Babamın geldiğini duyan belediye başkanı ve vali de az sonra damlamışlardı eve...

Sabırsız babam kendisinden beklenmeyen o pervasızlığını burada da gösterip emredercesine girmişti konuya:

-Delikanlı, demişti misafirlerine karşı el pençe vaziyette ayakta bekleyen Mustafa'ya. Ben ömrümde kimsenin ayağına gitmedim. Ama görüyorsun ki senin ayağına geldim. Dolayısıyla söyleyeceklerimi de iyi dinle. Sana hayatının en büyük şansını vermek istiyorum.

Bu son derece nezaketsiz ve kaba girişe çok kızmıştım. Yine her şeyi berbat edecek bir başlangıçtı bu.

Bu evden umutla çıkmak için yalvarıyordum Yüce Allah'a. Ama babam her şeyi bozmaya hazırlanmış bir aslan gibi kükrüyordu:

-Hatamı anladım, dedi babam kendinden beklenmeyen bir nezaketle. Biz, Anadolu insanını cahil, görgüsüz ve çağdışı diye bilirdik. Meğer öyle değilmiş. Bizim paramıza bedel o insanların yüreği ve mertliği varmış. Biz bunu yeni keşfettik, bundan dolayı da suçluyuz. Ben senin şahsında Anadolu insanından özür diliyorum. Zaten bugün de bu hatamızı düzeltmeye geldik.

Çok zeki bir insan olan Mustafa, sözün nereye varacağını bir anda anlamış olacak ki, bir anda diz üstü doğrulup ani bir refleksle ellerini kaldırarak babamı susturmuştu.

-Ben sizin, annemin taziyesi için geldiğinizi sanmıştım, dedi sitem dolu bir ses tonuyla. Ama yanılmışım. Bunları söylemenize gerek yok. Çünkü biz sizi çok iyi tanıyoruz.

Mustafa'nın, babamın yaptığı gafı fark etmesi babamı fena halde bozmuştu:

-Tekrar çok özür dilerim, dedi hatasını düzeltmeye çalışarak. Biz maalesef böyle geleneklere alışık değiliz. Ama gerçekten buraya annenizin vefatı için gelmiştik.

Başın sağ olsun. Ölenle ölünmez tabii, hayat devam ediyor. Sen artık kendi hayatına bakmalısın, kendi geleceğin için bir iş bulmalısın. İmamlık karın doyurmuyor artık. Sana yeteneklerine uygun bir iş gerekli.

Yine babam zırvalamaya başlamıştı. Baş sağlığını bile işe çevirerek gaflar yapmaya devam ediyordu.

Beyefendiliği elden bırakmayan Mustafa tekrar araya girmek zorunda kalmıştı:

-Baş sağlığı dileğinizi aldık. Çok teşekkür ederim. Diğer konular ise şimdilik düşünmüyorum. Gerektiğinde başımın çaresine bakarım.

Şimdi yatsı ezanı yaklaştı. Ben camide görevliyim. İzninizle çıkmak zorundayım, diye müsaade istedi.

Bu aslında "Sizlerle konuşacak bir şeyim yoktur. Artık gitseniz iyi olur" diye nazikçe evden kovmaktı. Ama babamın anlamaya niyeti yoktu.

-Tabii, dedi. Buyurun. Sizin göreviniz kutsal; biz dostlarla birlikte sizi bekliyoruz.

Mustafa çıkınca babam eski alışkanlıkları gereği ardından söylemediğini de bırakmamıştı:

-Cahil kafalı insanlar. Ayağına gelmiş bu nimeti tepiyorlar. İnsana son nefesinde de para lazım. Benim gibi ünlü bir insan kapına dayanıyorsa zil çalıp oynayacaksın.

Daha neler neler...

## BUNA RAĞMEN BÖYLE MİSAFİRPERVERLİK...

Cami dönüşünde Mustafa, o kadar meyve, pasta ve çöreklerle gelmişti ki gecenin o saatinde bunları nasıl temin ettiğine şaşırıp kalmıştık.

İşte bu Anadolu kültürüydü. İman ve Kur'an ahlakıyla yoğrulmuş, insanlık adap ve gelenekleriyle bezenmiş, misafirperverlik ve sevgiyle süslenmiş bir hayat modeliydi.

Bu öyle bir anlayıştı ki, eğer düşmanı da gelse, yedirip doyurmadan, gerektiğinde evinde yatırıp hizmet etmeden göndermeyen inanılmaz bir durumdu. Beni âşık eden, kanıma giren ve rüyalarımı süsleyen de işte bu tertemiz yürekti.

Bunun en çarpıcı sahnesini yaşıyorduk. Kendi elleriyle hazırladığı ikramları bir genç kız nezaketiyle sunarken herkesi kendine hayran bırakıyordu.

Bu nezaketi, bu inceliği, bu beyefendiliği annem ve babam yakından görünce benim niçin vurgun olduğumu daha iyi anlamışlardı.

Babam olup bitenler karşısında yaptığı yanlışları çabuk unutarak yine münasebetsiz bir giriş yapmıştı:

-Mustafa çok sağ ol evladım, dedi. Hayatımda ilk kez bir toprak evde ağırlanıyorum. Meğer buraların ruh iklimi gerçekten çok etkileyiciymiş.

Şimdi isterseniz asıl konuya gelelim.

Babamın, sözleri ve davranışlarıyla Mustafa'yı çıldırtmaması için diken üstünde duruyor ve Allah'a dua ediyordum.

Babam konuşmaya başlayınca ben Mustafa'nın tepkisini ölçmek için sürekli onu izliyordum. Ama o asla bana doğru dönmüyor, göz göze gelmemek için elinden geleni yapıyordu. Çünkü ondaki haram ve günah anlayışı öylesine bir hassasiyetti ki, dünyalar bağışlasalar nefsi için dönüp bakmazdı. İşte ben de buna vurgundum.

Babam zikzaklar çizmeye devam ediyordu:

-Artık hayatta yalnızsınız. Size iyi bir gelecek lazım. Bak bunun için ne diyeceğim; biz de hem iş hem de senin gibi iyi yetişmiş insanlara yer var. Biz senin bilginden yararlanıp emsallerimize fark atalım, sen de dilediğin hayatı yaşamaya devam et. Yani biz senin yeteneklerinden istifade edelim, sen de bizim imkânlarımızdan... Hatta paranın miktarını sen belirle, istediğin makama da gel otur.

Şunu çok iyi bil ki, bu imkânları hiçbir işveren sunmaz, hiçbir elaman da böyle bir işi bulamaz.

Bunu niçin söylüyorum? Senin kibar ve örnek hayatın İlkay'ı çok etkiledi. O da senin sayende yeni bir hayatla tanıştı. Bugüne kadar böylesi bir mutluluk ve huzur yaşamadı. Sen kızıma yardımcı oldun, ben de sana yardımcı olmak istiyorum. Mesele bundan ibaret.

Babam konuştukça batıyor, beni de rezil etmeye devam ediyordu. Sözlerinin nereye gittiğini, kimleri nasıl rencide ettiğini anlamayacak kadar kendini beğenmiş ve karşısındaki insanın onurunu asla düşünmeyen bir insandı.

Bütün bu hakaret dolu çıkışa rağmen yine de Mustafa son derece nazik ve olgun bir üslupla cevap vermişti:

-Öncelikle bu tekliflere çok teşekkür ediyorum. Beni düşündüğünüz için de sağolun. Sizin de şunu bilmenizi istiyorum ki, benim iş aramak gibi bir ihtiyacım yoktur.

Bana sık sık dostlarım, hem ülke içinde hem de ülke dışında yüklü paralarla iş teklifinde bulunuyorlar. Özellikle de Avusturya, Almanya ve Rusya'da görev yapan arkadaşlar sürekli beni arayarak tanınmış holdingler için beni davet ediyorlar. Ama ben, anne ve babamı buralarda bırakıp gitmek istemiyordum. Özellikle de annemin acısı çok taze. Eğer işe ihtiyacım olursa sizi ararım.

Kızınızın konusuna gelince, onu annem çok sevmişti. Ben de annemin bu sevgisine saygı göstermek, onu bir kardeşim gibi görmeyi kendime borç bildim. Başka bir niyet ve arzum asla olmadı.

Bu sözler odaya bir bomba gibi düşmüştü. Herkes gerekli cevabını almıştı, ama asıl yıkılan ben olmuştum. Bütün umutlarımı yerle bir olmuştu. Küçük bir kırıntı da olsa bir ihtimal taşıyordum içimde. Babam bu pervasız ve kırıcı davranışlarıyla onu da yok etmeyi başarmıştı.

İçimden isyan ediyordum bu adamın anlaşılmaz tavrına:

"Ah baba ne olurdu hayatında bir kez de gururu ve kibri bir tarafa bırakıp, insan gibi konuşmayı öğrenseydin. Bir kez de karşındaki insanlara değer vermeyi bilseydin. Paradan daha önemli bazı insanlık değerlerinin farkına varsaydın. Bir kez de insanların 'onur' denilen bir vazgeçilmezi olduğunu fark etseydin.

Ah baba ne olurdu.

Senin gibi bir insanın kızı olup insanlık değerlerinden nasiplenmemiş topluma baş olacağıma, keşke çadırda yaşayan yürekleri sevgi dolu o Yörüklerin ayağı olsaydım. Eminim ki, bundan bin kat daha mutlu olurdum."

Ortamın bir anda gerilmesi nedeniyle vali bey devreye girmişti:

-Siz üzülmeyin beyefendi, demişti. Ben Mustafa'yla baş başa konuşurum. Umarım o da beni kırmaz problemi çözer ve işi tatlıya bağlarız.

## YIKILMIŞTIM...

Oradan ayrıldık ama kalbimle bedenim, başımla vücudum birbirinden ayrılarak... Bu kadar acı çektiğimi, bu kadar yıkıldığımı asla hatırlamıyordum. Hayallerimi, sevdamı ve rüyalarımı orada bırakarak canlı bir cenaze gibi dönmüştüm. Öyle ki bu olay bütün umutlarımın söndüğü, duygularımın alev alev tutuştuğu tam bir fiyasko olmuştu.

Günlerce kendime gelemedim, odama kapanıp sabahlara kadar ağladım. Rabbimin huzurunda gözyaşı döktüm.

Artık benim için zor günler başlamıştı. Terk ettiğim o ruhsuz, ikiyüzlü ve mutsuz dünyaya bir daha dönmek istemiyordum. Bütün ümitlerimi bağladığım Mustafa'yı da kaybedince içimde henüz yeşermeye başlayan iman iklimine dört elle sarılmaya başlamıştım. Çünkü bundan başka tesellim kalmamıştı.

Hele son gelen haber beni büsbütün yıkmıştı.

Vali bey Mustafa'yı ikna etmek için çok baskı yapmış olmalı ki, o da dayanamayıp şehri terk etmiş, izini kaybettirmişti.

İşte benim asıl imtihanım o zaman başlamıştı. Mustafasız bir hayatı sürdürmek için önümde iki seçenek vardı; ya her şeyi parayla ölçen o kahrolası ruhsuz dünyaya yeniden mahkûm olmak, ya da beni Rabbime kavuşturacak bu huzurlu iklimde ne pahasına olarsa olsun sebat etmek.

Büsbütün yalnız kaldığım kendi iç âlemimde boğulmamak için, günlerce Rabbime yalvardım. İçim parçalanırcasına, zihnim yırtılırcasına feryat figan ettim; bir ışık, bir yol aradım.

Yüreğimde bir saniye bile alevi sönmeyen Mustafa'nın yerine, Mustafasız geçecek ömrümü doldurabilecek bir rehber, bir kurtarıcı istedim. Çünkü yaşadığım bu sarsıntılı hayatta kendimi taşıyamayacak kadar zayıf düşmüştüm.

Yakıcı çöllerde çaresiz kalan kullara uzatılan sihirli bir el gibi, Yüce Allah da bana bir kapı araladı.

Nasıl anlatırım o sırlı olayı, bilmem ki...

Kendimi oyalamak ve zihnimde beni yiyip bitiren Mustafasızlığın acısını bir derece unutabilmek için, babamın şirketinde bir iş kadını olarak işe başlamıştım.

Kendi oluşturacağım işim ve birikimimle, Anadolu'nun gariban, muhtaç ve kimsesiz insanlarına el uzatmak istiyordum. Özellikle de fakir çocukların eğitimi için bir yol haritası oluşturma niyetindeydim.

İşte olan da o akşam olmuştu. Hayatıma yeni bir başlangıç, ömrüme taze bir direnç, zihnime yepyeni bir ideal oluşturan o akşam...

O akşam, annemle birlikte geç vakte kadar son zamanlarda yaşadıklarımızı değerlendirmiştik. Bir anlamda kendimizi sorgulayıp hatalarımızı bir bir gözden geçirmeye çalışmıştık. Bu konularda annem bana daha çok yakındı. Ama babamın din ve Allah dendiğinde cinleri tepesine çıkıyordu.

## KIYAMET DEHŞETİ

En pahalı eşyalarla tefriş edilen odamın son model yatağına uzanmıştım. Zihnimden, oluşturmaya çalıştığım yardım projesinin binlerce yorumu gelip geçiyordu. Rabbimden bu hayırlı iş için imkân, direnç ve destek isteyerek tam bir huşu içinde gözlerimi kapadım.

Dalar dalmaz, "Kıyamet kopuyor!" feryatları içinde sokaklara dökülmüş insanların dehşet dolu kaynaşması içinde bulmuştum kendimi...

Genizleri yakan ve gözleri kör eden bir dumanın ortalığı kapladığı bu hengâmede, kulakları sağır eden homurtularla binalar yıkılıyor, yollar yarılıyor, sular fışkırıyor ve dağlar devriliyordu. Tam bir cehennemî kaynaşma içinde kimin ne yaptığı, kimin nereye koştuğu belli değildi. Hızla yükselen suların içinde "imdat" çığlıkları yürekleri dağlıyordu.

Babam, annem ve ben villamızın teras katına çıkıp etrafında yaşanan o korkunç tablo karşısında birbirimize kenetlenerek çığlık çığlığa bağırıyorduk.

Babamın bütün fabrikaları çöküyor, bütün birikimleri heder oluyor, paraları, çek ve senetleri havada savrularak yok olup gidiyordu.

Çok sürmeden, kabaran sular bir tepe başına kurulmuş olan ihtişamlı villamızı da bir ejderha gibi yutmaya başlamıştı.

Hızla üst katlara tırmanan dehşet dalgaları karşısında birbirimize tutunarak "Yardım et Allah'ım!" diye kendimizi yırtıyorduk.

Ömrü boyunca din ve Allah için olmadık rezaletler sergileyen babam kollarını iki yana açarak; "Allah'ım, senden başka dost, senden başka kurtarıcı yokmuş. Bize ancak sen yardım edersin!" diye kendi kendini dövüyordu.

Hele annemin çığlıkları dayanılır gibi değildi:

"Sen çaresizlere çare olansın. Sen yolunu kaybedenlere yol gösterensin. Sen darda kalana yardım edensin... Kurtar bizi Allah'ım!"

Bütün umutların tükendiğini anlayınca gözlerimizi kapatıp dayanılmaz bir korku ve ürperti içinde ölümü beklemeye başlamıştık.

Hayatımda ilk kez ölümün soğuk dokunuşlarını tenimde, yüreğimde ve kanımda hissediyordum.

Sesim çıktığı kadar son bir çırpınışla bağırıyordum:

-Rabbim! Ben sana yakışır bir kul değilim. Ama seni çok seviyorum. Senin çok sevdiğin kullarını da sevdim. Onlar hürmetine ne olur, bana biraz daha ömür ver de, günahlarım için tövbe edeyim, senin rızan için hayır işleyeyim.

O çaresizlik içinde ayaklarımıza kadar ulaşan korkunç dalgalara teslim olmaya hazırlanıyorduk ki, birden gökyüzünde bir araç belirdi. Bembeyaz, ne uçağa, ne helikoptere, ne de başka bir şeye benziyordu. Sanki büyük bir kuş muhteşem bir villa haline getirilmiş, gökten süzülerek geliyordu.

Tam üstümüze gelerek havaya asıldı sanki... Kapısında beliren iki delikanlı, attıkları halatlarla bizi tek tek aracın içine çekmeye başlamışlardı.

Burası bir araç değil, baş döndüren güzellikteki esrarlı bir âlemdi... Hele bizleri karşılayan o iki insan, tam bir güzellik efsanesiydi. Öyle ki, aklı baştan alan bir çekicilik, insanı mest eden bir büyüydü bu...

Ama sıra babama geldiğinde, araç birden havalanarak babamı orada bırakmıştı. Babam nasıl yalvarıyordu "Ben de iman ettim, beni de alın" diye... Çok sürmeden gözlerimizin önünde sulara gömülüp gitmişti.

Annemle ne kadar yalvarıp yakarmıştık, babamı da almaları için... O esrarlı delikanlılardan birisi;

-Kendinizi boşa yormayın, dedi. Bu araç cennet arabalarından birisidir. Buraya ancak Allah'a dost olanlar biner.

Birden kafamda "Demek ki Allah bizi dost kabul etti" diye bir umut doğmuştu. Yanımdaki delikanlı sanki beynimden geçenleri saniyeler içinde okuyarak birden bana döndü:

-Sizi, yaptığınız amelleriniz değil, Allah'ın çok sevdiği kullarının duaları kurtardı.

-Bize kim dua etti? diye heyecanla sorduk.

-Gelin sizi ona götüreceğim, dedi.

## BİZİ KURTARAN KİMDİ?

Dar yollardan, karanlık yerlerden, zahmetli geçitlerden girip sanki cennete benzeyen bir kapının önünde durduk.

-Girin, dedi. İçeride sizi bekliyor.

Aman Allah'ım! İnsanın şaşkınlığından aklını uçuran, kanını donduran, bütün duygularını şaha kaldıran muhteşem bir bahçe burası... Ortasında aklın ve hayalin tasavvur edemeyeceği kadar gözleri kamaştıran, insanı kendinden geçiren muhteşem bir saray... Dillere destan olan bizim villamızın bile yanında bir kümes gibi kaldığı bir ihtişam... Hayretimden aklım uçmuş bir vaziyette "Herhalde cennet burası" diye düşüyordum.

Sarayın bahçesine iki üç metre yüksekliğinde bir kamelya kurulmuş. Işıltısı çok uzaklardan fark edilen iki kişi oturuyordu.

Yanımıza yaklaşınca onların Mustafa ve annesi Fatma Teyze olduğunu fark eder etmez kendimden geçercesine kollarımı açıp koşmaya başlamıştım. Ama öyle bir görüntü içindeydiler ki, üzerlerinde parlayan ışıklar nurdan bir sütun oluşturmuştu sanki... Ana oğulun parıltılar içindeki mutluluk görüntüsü bütün duygularımızı hasretle ayağa kaldırıyordu.

Bizleri özel bir yere oturtmuşlardı. Onlar ise bizlerden iki üç metre uzaklıkta ve biraz yüksekçe bir yerde içten ve samimi gülümsemelerle bize bakıyorlardı.

Bu müthiş manzara karşısında adeta aklımız gitmiş, dilimiz durmuş, kalbimiz çatlarcasına çarpıyordu.

Anne kız tam bir şok içinde hayran hayran bakıyor, bu gizem dolu ortamın büyüsüyle kendimizden geçiyorduk. Ama babamın sızısı ise bir türlü içimden çıkmıyordu. Annem

"Şimdi baban da burada olsaydı" deyip durmadan gözyaşları döküyordu. Bizi dünyada rahat bırakmayan babam burada da üzüntü kaynağı olmuştu.

Bize nezaret eden mihmandarımız, Mustafa ve annesini göstererek:

-İşte, dedi. Bu anne oğul sizlere çok dua ettiler. Özellikle de Mustafa, hidayetiniz için çok yalvardı.

Onlar sizi görüyorlar ve duyuyorlar. Ama siz onların konuştuklarını duyamıyorsunuz. Mustafa'yla bir kelime bile konuşmanın hasreti içinde yalvarmaya başlamıştım yanımızdaki rehberimize:

-Ne olur, diye atıldım. Acaba bizimle konuşmasının bir yolu yok mu? Bari teşekkür edelim, bizleri kurtardığı için...

-Söyleyeyim bunları, deyip yanlarına yaklaştı o efsunlu kişi.

Eğilip Mustafa'nın kulağına bir şeyler fısıldadı. Ondan sonra da sanki arada görünmeyen bir engel varmış gibi sesleri uzaktan gelmeye başlamıştı.

-Hoş geldiniz, dedi o insana yeniden can veren tarifsiz ses tonuyla Mustafa.

İkimiz birden atladık:

-Allah sizden razı olsun. Bize yardım ettiniz, dedik. Yoksa kıyamet gibi dünyayı yutan tufanda biz de boğulacaktık. Ama babam gelemedi.

Hiç oralı olmayan Mustafa:

-Onun için çok üzgünüz, dedi. Ama Rabbim sizlere bir şans daha tanıdı. Eğer bu imkânı kullanırsanız, O'na layık bir kul olduğunuzu gösterirseniz, sonunuz da böyle olur. Yoksa babanın hali sizlere ibret olmalı.

Annem heyecanla atıldı:

-Beyimin hiç şansı yok mu?

-Gördüklerinizi ona da anlatın. Umarım ki kendini dünyaya gönderen Allah'ın, onu ansızın tekrar alacağını da hatırlayıp ciddi bir hazırlık yapar.

-Peki biz ne yapalım, nereden başlayalım? diye sordu tekrar annem.

-Yüce Mevla sizden ne istiyorsa...

-Ama biz onu da bilmiyoruz ki.

Mustafa bu cevap karşısında başını iki yana salladı.

-Ömrünüzü heba ettiniz. Allah'a iyi bir kul olmak isteyenlerle hep alay ettiniz. İmana ve Kur'an'a düşman oldunuz.

Ama bizim Rabbimiz o kadar şefkatlidir ki, kalplerdeki en küçük bir pişmanlığı bile kurtuluşa vesile yapıyor.

Annem, İlkay Hanım'ı çok sevdi. Ona kendi dua etmekle kalmadı, beni de her namazda duasına ortak etti.

Annemin samimi duaları hürmetine Yüce Mevla sizlere bir şans daha tanıdı.

-Ne olur bizlere tavsiyelerde bulunun!

-Allah'a yakışır bir hayat, Allah için yaşayan arkadaş grubu, yapmadığınız ibadetlerin kazası...

Bu maddeleri tek tek ezberlemeye çalıştım.

-Peki bize kim yardım eder? diye sordum.

-Melek Hanım'a gidin, dedi.

-Melek Hanım da kim?

-O sizi bulur.

Büyük bir gürültüyle uyandım ki, deprem oluyor. Villa yerinden sökülüyormuş gibi müthiş gacırtılarla adeta dehşet saçıyor.

Bu korku ve panik içinde hepimiz kendimizi bahçede bulmuştuk.

Sanki rüyada gördüklerimin bir başlangıcıymış gibi kendimden geçercesine bağırıyordum.

Annem babam ve evin hizmetçileri, sarsıntısı bir türlü durmayan deprem karşısında "Allah" kelamını can havliyle tekrar edip duruyorlardı.

Hele annem bir türlü teskin olmuyordu.

-Anne yeter, geçti artık, dedim. Sakin ol.

-Nasıl sakin olayım kızım bu iş tam rüyadaki gibi başladı.

Annemin gözlerine baktım, bir yanardağ patlamış gibi kıpkırmızı kendini kaybetmiş bir deli gibi çırpınıyor; durmadan "Melek Hanım, Melek Hanım" diye inliyordu.

-Anne ne meleği, dedim.

-Bizi kurtaracak hanım, dedi.

Allah'ım, yığıldım oraya... Meğer annem de aynı rüyayı görmüş. Babam ise yine bizlere gülüp geçiyordu. Onun dünyasında böyle şeylere yer yoktu. İman edilmesi gereken tek şey para ve güçtü.

## YOL HARİTAM VE İLK SECDE

O akşam annemle bir yol haritası belirlemiştik:

1. Allah'a yakışır bir hayat.

2. Allah için yaşayan arkadaş grubu.

3. Mağdur ve kimsesizlere yardım.

O akşam yeni bir hayata başlangıç, Allah'a yakışır bir kul olmanın ilk adımıydı. Babam dostlarıyla içki âleminde naralar atarken, biz annemle ilk namazımız için Rabbimizin huzuruna durmuştuk.

Allah'ım! O akşam... İlk tekbir, ilk kıyam, ilk secde... Vücudumun eridiği, ruhumun uçtuğu, kalbimin yerinden söküldüğü gönlümün, gerçek aşkını aradığı o akşam...

O akşam yeniden doğuşun, yeniden varoluşun, yeniden filizlenişin bütün hücrelerimize yayılarak manevi iklimlerde gerçek bir huzurla buluşturduğu bir andı.

O akşam kıble, yön, erkân ve usul bilmeden Allah'a yönelip bir anda bütün manevi güzellikleri kucaklamak ister gibi çırpınışlarımızı nasıl anlatmalı Rabbim? Hele sabaha kadar dinmeyecek olan gözyaşlarımın günah ve hatalarım için coştuğu ve bir saniye bile ara vermeden Cenab-ı Mevla'dan hidayetim için sellere döndüğünü...

O akşam, ben günahkâr İlkay'ın son nefesime kadar Rabbimin yolundan ayrılmayacağıma verdiğim sözümle başlamıştı. Gece boyu da O'na yakışır bir kul olmanın yeminiyle sürmüştü. Son sözüm ise sabah seccademden kalktığımda; "Eğer bir an bile bu iklimden ayrılacaksam ne olur beni yaşatma" diye yalvararak bitmişti.

Sabah olunca annemle ilk işim yeni hayatıma yakışır kıyafetler almak olmuştu. Bu ise babamı büsbütün çıldırtmaya yetmişti. Ama artık Rabbimden başka kimseyi dinleyecek halim yoktu.

Başörtüsüyle ilk kez aynanın karşısına geçtiğim an, kendime söz vermiştim.

"Bu başörtüm imanıma şahit olsun. Ancak bu örtü başımla birlikte çıkar. Artık bu benim namusum, bayrağım ve imanımdır."

O gün kendime değişmez bir hayat felsefesi çizmiştim:

Önce kendimi yetiştirmeliyim.

Sonra da güçlü bir iş kadını olup kazandıklarımı mağdurlara, kimsesiz ve fakir öğrencilere harcamalıyım. Özellikle imanlı ve vatanperver gençler yetiştirmek için okullar, yurtlar ve eğitim kurumları açmalıyım. Kuracağım vakıfla da bu yardım hizmetlerini yönetmeliyim.

Bu hayır hizmetinin başarıya ulaşması için bir saniye bile ara vermeden dilimden dua eksik olmuyordu.

Ama bu hayatıma çizdiğim yeni yol haritam için Melek Hanım'ın yolunu gözler olmuştum. O kimdi? Nereden, nasıl çıkacaktı? Bizlere nasıl bir yol gösterecekti? Sürekli bunu düşünüyordum.

Yeni tanıştığımız hanım dostlarımızın hafta sonları sohbetlerine katılarak ilmimizi, görgümüzü ve kulluk için yapmamız gerekenleri konuşuyor, derin bir tefekkürle kendimizi sorguluyorduk. Bu benim için gerçek bir doğuş, içime sinen bir hayatın taze bir başlangıcı oluyordu. Bu sohbetlere öylesine kendimi kaptırmıştım ki, bütün programlarımı bunun üzerine kuruyor, gün ve saatlerini iple çekiyordum.

Meğerki ben bu dünyada bomboş yaşamışım da haberim yokmuş... Ah baba, sana ne diyeyim bilmiyorum ki... Yalnızca kendini paranın esiri etmekle kalmadın, bizi de dinden imandan habersiz çorak ruhlu bir insan haline getirdin.

Yine bir hafta sonuydu. Davet edildiğim sohbete uçarak gitmiştim. Topluluğun içinde iki doktor, birkaç iş kadını ve çeşitli mesleklerin üst düzey yöneticileri de vardı.

Bu sohbette o kadar etkilenmiştim ki... Müslüman denince hep cahil insanlar anlatıldı bize... Ama öyle olmadıklarını görünce kendimden çok utanmıştım. Her biri alanında başarılı kişiler olan bu topluluk, benim dünya görüşümü de değiştirmişti.

Ben kimim? Niçin yaşıyorum? Varlık sebebim ne? Ölen insanların ikinci hayatı... İslâm'ın hayata getirdiği kurallar... Evrenin sırları ve hikmetleri... Daha yüzlerce bilinmez, kafamda cirit atıyordu. Bütün bu esrarlı perdeyi kaldırıp beni bana tanıtarak dünya ve ahirete dair yol haritamı belirleyecek bir ilme, görüşe ve nasihate ihtiyacım olmuştu hep... İşte bu toplantıda bu konular öylesine nefis bir üslupla paylaşıldı ki, kelimenin tam anlamıyla mest olmuştum.

Ah benim Mustafa'm! Bütün bu güzellikleri sana borçluydum. Sen yalnız benim sevdam, tutkum ve hayat ışığım değildin. Sen benim için, dünya ve ahiret sırlarını aralayan bir Hızır'dın. Bütün bu güzellikleri seni sevmekle tattım. Bana yalnız bir sevgiyi değil, Rabbimi de tanıttın.

Sana nasıl teşekkür edeyim bilemiyorum. Ah şimdi burada, yanımda olsaydın da sana ömrümü verseydim, hayatımı kulun kölen yapsaydım. Gün geçtikse gözümde büyüyor, görüntün her an gözüme yansıyor ve nefesini içimde, ta yüreğimde hissediyordum.

Ne olur, çık gel, ne olur. O saf ve temiz kalbin benim sana olan duygularımı hissedecek kadar güçlü olmalı. Gel tut şu elimden de Rabbime giden yolda daha hızlı, daha emin yürüyelim ne olur.

## KALBİ GÜNAHLAR ÖLDÜRÜR, İNSANI MUTSUZ EDER

Konusu daha önce tespit edilen bir başka sohbetteydik o gün. Unutkanlık, cinsellik, harama nazar ve kısacası iffetli olma bahsi konuşulacaktı.

Doğrusu bu konu benim de ilgimi çekmişti. Çünkü ben hayatımda kadının erkekten, kızın da oğlandan farkı olmayan, her şeyi ortak paylaşan bir görüşten geliyordum.

Gençler çekinmeden birbirleriyle arkadaş olmalı, gezmeli ve evlilik öncesi özel hayatı yaşayarak tanımalıydı. Ama yeni tanışmaya başladığım İslâmi hayatın bu konudaki görüşlerini bilmiyordum. Bunun için bu sohbetin konusu benim için son derece önemliydi. İlk kez bu konuda İslam'ın bu konudaki yaklaşımlarını dinleyecektim...

Bir apartmanın teras katında, Osmanlı dekoruna benzer bir ihtişamla yapılmış bu evde, özenle döşenmiş, insanın içini açacak bir güzellik ve tertip göze çarpıyordu. Duvarda gönülleri derinden etkileyen tablolar ve altında ibretli yazılar mevcuttu.

Evde öyle bir manevi iklimi mevcuttu ki, daha adım atar atmaz ciğerlerimize kadar işleyen ulvi bir hava karşılıyordu insanı...

Eşi bir fabrikatör, kendisi de rehber öğretmen olan ev sahibi oldukça tatlı, güler yüzlü, içten davranışlarıyla insanın gönlünü derhal fethediyordu.

Daha yerime oturur oturmaz şefkat dolu bir anne kucağı gibi esrarengiz bir sıcaklığın ve içimi huzurla dolduran bir büyünün ortasına düşmüştüm.

Önümde büyükçe bir rahle, üzerinde ise kırmızı renkli Kur'an tefsiri olan kitaplar mevcuttu.

Tanışmanın ardından konuyu sunmakla görevli kadın doğum uzmanı bir hanım, konuşmaya başlamıştı:

-Bugünkü dersimiz bütün toplumu, bütün insanlığı yakından ilgilendiren çok ciddi bir konu olan "İffet ve harama nazar"dır.

Her Müslüman'ın en ağır imtihanı haline gelen bu husus, başta unutkanlık olmak üzere bir çok hastalığı da beslemektedir.

Ne yazık ki bugün harama nazar, bizim ve eşlerimizin korkup titrediğimiz bir bela haline gelmiştir.

Nedir bu "İffet"? Önce bunu açıklayarak dersimize geçelim:

Kelime anlamı olarak iffet; edep, hayâ, haramdan çekinme, günahtan korkma anlamlarına gelen, bir Müslüman'ın en önemli vasfıdır.

Cenab-ı Hak insan neslinin devamı için, erkek ve kadını birbirine karşı cazip kılmıştır. Aynı zamanda, bu kuvvetli duygu karşısında, insanları, dünyada çetin bir imtihana tabi tutmuştur. Dünyadaki kısa ömrümüz içinde, en zor imtihan iffet konusudur. Bu imtihanı kazanan bir insan, dünya ve ahiretin kahramanıdır.

Yüce Allah, Kur'an-ı Kerim'in birçok yerinde iffetini muhafaza edenlere, büyük mükâfatlar vaat etmiş, iffetini muhafaza etmeyenlere de cehennem azabını göstermiştir. İffetsizleri bir insanı öldüren cani ile bir tutmuştur. Mü'minlerin vasfını anlatırken de buyuruyor ki: Mü'minler, namazlarını huşu içinde kılar, boş, lüzumsuz şeylerden yüz çevirir, zekâtlarını verir, iffetlerini korur, emanet ve ahitlerine riayet eder (Mü'minun, 1-8).

İffetli kimse hayâ sahibidir; yani günah işlemeye utanır. Hayâ sahibi olmanın önemi büyüktür. Bu husustaki birkaç hadis-i şerif şöyledir:

Hayâ imandandır (Buharî).

Hayâsı olmayanın imanı da olmaz. İmansız da cennete giremez (Deylemî).

Hayâ azlığı küfürdendir (Hâkim).

İffet, yani namus ne kadar önemli ise namussuzluk da o kadar kötüdür. Namusun önemi hakkındaki hadis-i şeriflerin birkaçı da şöyledir:

İyi bilin ki, namusunu koruyana Cennet vardır (Hâkim).

Zinadan korunan Müslüman Cennete girer (Beyhakî).

Kötülükten korunmak için nikâhlı yaşayın ve iffetli olun (İbn-i Asakir).

Başkasının karısını, kızını ayartan bizden değildir (Hâkim, İ. Hanbel).

Bir kadın, beş vakit namazını kılar, namusunu korur, kocası ile iyi geçinirse, dilediği kapıdan Cennete girer (İ. Hibban).

Şu altı şeyi yapanın Cennete girmesine kefilim: Doğru konuşan, verdiği sözü yerine getiren, emanete riayet eden, namusunu koruyan, gözlerini haramdan sakınan, ellerini kötülükten çeken (İ. Hanbel).

Hadis-i Şeriflerde de bildirildiği gibi kadınların hayâsı erkeklerden çoktur. Öyle olmasaydı, çok çirkin işler meydana çıkardı. Din düşmanları bunu bildikleri için, daha çocukken kadınlardan hayâyı kaldırmaya çalışıyorlar. Hayâsız bir toplum meydana getirmeye çalışıyorlar. Müslüman kadını hayâlı olmaya devam etmelidir. Hadis-i Şerifte bu husus şöyle anlatılır: Hayâ güzeldir, fakat kadında daha güzeldir. (Deylemî)

İffet, bir genç kızın veya kadının, değeri para ile ölçülemeyen bir mücevheridir. Bu mücevheri ele geçirmek için Yüce Mevlâ'dan korkmayan her erkek bütün şeytanlığını kullanır. Buna çok dikkat etmek lazımdır.

Doktor hanımın her sözü beynimi bomba gibi dağıtıyor, işlediğim onca günahların ağırlığı içinde kahroluyordum. Hele bu sohbetin verdiği mesajlara dayanamayan bir hanımın hıçkırıkları, ortamı bir anda hüzünlü hale getirerek, bütün yürekleri burkmaya başlamıştı. Aslında ağlayan yalnızca o değildi. İçimi keskin bıçaklar gibi paralayan günahlarımın dehşeti içinde utanmasam bir çocuk gibi kendimi yerlere atasım geliyordu.

Demek ki günümüzün en büyük imtihanı haline gelen "İffet" mutlaka kazanılmalıydı. Belki de bu yüzden Mustafa'yı çok sevmiştim. Çünkü o bir iffet kahramanıydı.

O gün dünyama yeni bir ufuk açılmıştı. Rahat, pervasız ve erkeklerden çekinmeyen yönümü sorgulamaya ve daha dikkatli yaşamaya karar vermiştim.

O günün ve o sohbetin şevki ve heyecanıyla eve döndüğümde derhal aynanın karşısına geçip parmağımı gözlerime doğru uzatarak.

-Bu çevre ve bu dostlar senin için bir fırsat, dedim. Bunların değerini çok iyi bilmelisin. Yoksa iffetsiz hayatının ortasında boğulursun. Rabbim her zaman elinden tutacak bir iffetliyi göndermez.

Kafama bir ok gibi saplanmıştı "İffet"li olmak.

## Üçüncü Bölüm

# BENİ ÇOK ŞAŞIRTAN, BEKLEDİĞİM MELEK

### KENDİMİ HAYIR HİZMETLERİNE ADAMIŞTIM

Aylar geçiyor, beklediğim haberleri bir türlü alamıyordum. Ne Melek'ten, ne de Mustafa'dan en ufak bir emare yoktu. Ama Mustafa'nın hayatta olduğunu bilmek bana yetiyordu. Bu bile yanımda her an gölgesini hissettiğim en büyük sığınağım olmuştu.

Bu sevda ve hasretle tam iki yıl geçmişti. Kendi çevremde iyi bir iş kadını olmuştum. Yeni dostlar, yeni iş arkadaşları ve yeni çehreler... Babam her ne kadar karşı çıksa da ayağımın üzerine durmayı başarmıştım.

Bu süre zarfında yüzlercesi kapımı çalarak benimle bir gelecek paylaşmak istediklerini dile getirmişlerdi. Her birisine bir sebep bulup nazikçe kapıyı göstermiştim. Onlar bilmiyorlardı ki artık İlkay, Kur'an ruhuyla nurlanmış ve kendisini

Mustafa'ya adayan bir insandı. Bu yüzden gözlerim hiç kimseyi görmüyor, hiçbir erkek nazarımı çekmiyordu.

Anadolu'nun küçük bir şehrini yardımlarımız için pilot il seçerek; buraya okul, yurt ve dershane yaptırmak için hummalı bir faaliyet yürütüyorduk. Ayrıca bu şehirdeki fakir yüz öğrenciye de burs veriyorduk.

Bu vesileyle dört yıl önce ayrıldığım Anadolu topraklarını bir iş kadını olarak yeniden özlemle geziyor, buranın tertemiz havasını manevi yaralarıma ilaç olması için doya doya içime çekiyordum.

Gün geçtikçe yükselen Anadolu sevdası ve Mustafa aşkı, bastığım her karış toprakta gözlerimde canlanarak, bir kor haline geliyordu.

Yapmacıktan uzak, ikiyüzlülüğü hiç tanımamış bu toprakların hoşgörülü insanı arasına karışmak bana doyulmaz bir heyecan veriyordu.

Bu büyülü âlemin doyulmaz ikliminde sakin bir kafayla yaşamak için özel şoförüm ve arabamı evde bırakarak, tek başıma yollara düşmüştüm.

Yaklaşık sekiz saat sürecek olan yolculuğu otobüsle, minibüsle, bazen de yürüyerek geçirecektim.

Bu yolculuk mutluluktan beni yürütmüyor, adeta kuşlar gibi uçuruyordu. Sanki beni yıllardır hasret kaldığım can dostlarım bekliyormuş gibi tarifsiz bir huzur içindeydim. Öyle ki her ağacın gölgesinde, her dağın yamacında, her ovanın sessizliğinde onun varlığını hissederek, sevgisini içime çekiyordum.

Arabayla uzaklaştıkça keskin uçurumların, derin çukurların, çıplak yokuşların ve bir melek sessizliğinde kıvrıla kıvrıla akan derelerin arasında kendimi yitiriyor; toprak yüzlü, taş kokulu insanların arasında sevinçten başım dönüyordu.

Yolları, kaldırımları, plansız dağınık beldeleri, gariban, sessiz insanları içimde dağlar gibi büyüyor, sanki bir anda hepsini kucaklayıp yılların verdiği hasreti dindirmek istiyordum.

Hiç bitmesini istemediğim yol bir solukta tükenmişti. Bizi alkışlarıyla karşılayan genç kızların arasında kendimi kaybedercesine bir huzur bulmuştum.

Onların insana verdiği değer, misafire gösterdikleri ilgi, içten, yürekten sevgileri, nasır tutmuş elleriyle sarılıp "Hoş gelmişsen" deyişleri... Allah'ım! Ne olur bunlar rüya olmasın. Tek kelimeyle hayaller âlemindeydim.

Yaptırdığım okul, yurt ve dershanenin açılışı yapılıyordu. Şehrin ileri gelenleri ve kalabalık halkın önünde övücü konuşmaları duymuyordum bile... Adını bile bilmeden, kendisini görmeden burs verdiğim öğrencilerin kır çiçekleriyle etrafımı sarmaları, bir anne, bir abla sevgisiyle sarılıp yanaklarıma sımsıcak öpücükler kondurmaları beni benden almıştı.

## BENİ, BENDEN ALAN MELEK...

O akşam kitaplarını beğenerek okuduğum eğitimci bir yazarın verdiği aile konferansına katılmıştım. Konuşması sırasında anlattığı bir hanımın hayat hikâyesi adeta beni bir cereyan gibi çarpmıştı.

Gözyaşları içinde bahsettiği bu hanımın hayata tutunma mücadelesi herkesi ağlamaktan kırıp geçirmişti. Salonda ağlamayan bir Allah'ın kulu kalmamıştı.

Konferans salonunda esas sürprizin beni beklediğini nereden bilecektim. Her şeyden habersiz, yürüme engelli ve gözleri de görmeyen gencecik bir kız getirmişlerdi yanıma...

-İlkay Hanım, demişlerdi. İşte hocamızın anlattığı kızımız bu. Sizden aldığı burs sayesinde hayata tutundu ve çok da başarılı...

İnsanın yüreğini "cızzz" diye yakan o ışıltılı yüzüyle, görmeyen bakışlarını bana çevirerek, avucundakini açıp önüme doğru uzatmıştı.

-Bu cevşeni annem gönderdi. Bunun, seni kötülüklerden koruyacağını söyledi. O bizi parasıyla korudu, Yüce Allah da onun hem bedenini, hem de ruhunu korusun. İnşallah Efendimiz (a.s.m.) de onun en büyük koruyucusu olur, dedi.

Daha fazla kendimi tutamayarak, bu yüreği pırıl pırıl kıza sarıldım... Hadi dayan nasıl dayanırsan...

-Lütfen bizim için ağlama, dedi. Biz halimizden şikâyetçi değiliz ki. Allah böyle istemiş, ya hiç vermeseydi, ya daha kötü yola düşürseydi?

-Hey sana kurban olurum! diye atıldım üstüne kollarımı açarak. Şu teslimiyete, şu imana, şu tevekküle bak Rabbim!

Nimetler içerisinde yüzen bizlerin bitmeyen şikâyetlerine karşı, şu mağdur yavrucağın haline şükredişi, içime binlerce ok gibi saplanmıştı bir anda.

-Sen bana hayatımın dersini verdin. Sözlerin başıma balyoz gibi indi. Keşke hep senin gibi yüreği temiz bir rehberim olsaydı.

Eğildim önünde:

-Benim kızım olur musun? diye sordum, içimden gelerek.

-Hayır, dedi tereddütlüce...

-Ama niçin? Hâlbuki ben sana çok iyi imkânlar sunarım.

-Benim hiçbir şeye ihtiyacım yok ki... Verdiğiniz para bana da yetiyor, anneme de...

Ben senin kızın olsam, sana yük olurum. Beni bu halimle taşıyamazsınız. Sonra ben asla annemden ayrılamam.

-Anneni de alırız...

-Hayır, onu alamazsınız.

-Niçin?

-Çünkü o felçli, yerinden kalkamıyor.

Bu sefer büsbütün kendimi bıraktım:

-Siz Allah'ın ne mübarek kulusunuz, diye haykırdım. Annen felçli, yerinden kalkamıyor; sen yürüyemiyor ve göremiyorsun. Bütün bunlara karşı da asla şikâyetçi değilsin ve Allah'a şükrediyorsun. Şu yüreğin binden biri de bende olsa ne olurdu?

Affedersin kızım, sana adını sormayı unuttum?

-Adım Melek, dedi.

Bu sefer beynim zonklamaya, elim ayağım titremeye ve kalbim göğüs kafesimi dövmeye başlamıştı. Düşüp bayılmamak için kendimi sıktıkça sıkıyordum.

-Demek sen Melek'sin, diye atıldım yıllardır yolunu beklediğim o esrarengiz rehbere kavuşmuş olmanın heyecanıyla. Ben gece gündüz senin gibi bir melek arıyordum.

Haydi beni annene götür de sizleri daha iyi tanıyayım.

Hayatımın en büyük müjdesini almış gibi çevremdekilerle birlikte Melek'in evine gitmiştim.

Bir bodrum katta, tek odalı bir ev... Yatağına uzanmış, benzi sapsarı, ama gözlerinde olgunluğun, vefakârlığın ve teslimiyetin kıvılcımlarını saçan gencecik bir hanım.

Anne baba ve kız kaza yapmışlar. Baba orada ruhunu teslim etmiş, annenin omuriliği hasar gördüğü için belden aşağısı felç olmuş. Kız ise gözlerini ve ayakları kaybetmiş.

Rabbim! Senin bu imtihanının hesabı sorulamaz ve hikmeti bilinemez. Bütün bu çaresizlik içinde sana dayanarak mutluluğu yakalayan şu anne ve kız... Bunlar varlık içinde yokluğu yaşayan nankör insanlara bir ibret filmi olarak gösterilmeli...

## ALLAH VAR, KEDER YOK

Tek odalı evin duvarında tek bir tablo var. O da babanın resmi... Altında da "Allah var, keder yok" diye yazıyor.

Şu imana, şu inanca, şu teslimiyete bakar mısınız Allah aşkına? Başa gelen en feci kazadan bile şikâyetçi olmadan Yüce Mevla'ya dayanmak... Sıradağlar gibi dimdik ve sarsılmadan iman hasretiyle yaşamak... Aslında gerçek mutluluk da bu olmalı.

Yastığının yanında bir Kur'an meali, bir de Kur'an tefsirinden küçük bir bölüm olan Hastalar Risalesi...

Hem kızını hem de kendisini alıp tedavi ettirmek için çok çırpındım. Hatta çocuklar gibi ağlayarak yalvardım.

-Hayır, diyerek bütün ricamı geri çevirdi anne... Rabbim bize bir hayat sundu. Bu hayatı değiştirip sağlığımıza kavuşursak nefsin istemediği şey kalmaz. Artık nefisle boğuşup imtihan olmak istemiyorum. Bu dört duvar beni gizliyor, günah işlememe izin vermiyor.

Lütfen bizi rahat bırakan, biz halimizden çok memnunuz. Siz şikâyetçi olanlarla ilgilenin.

Hey dünya, hey insanlık... Duyun, kulağınızı açın, bu sese kulak verin.

Küçük problemler uğruna eşlerini boşayanlar, ufacık sıkıntıyı dert edip depresyona girenler, sebepsiz nedenlerden dolayı cinayet işleyenler, dünyayı yaşanmaz hale getirenler...

Duyun...

Gelin de Melek Hanım ve annesinden mutluluk mucizesini dinleyin.

Sarıldım ikisine de doyasıya;

-Sana çok dua ediyoruz, dedi annesi. Senin paran bize ilk ulaştığında çok ihtiyacımız vardı. O gün bugün elimizi Rabbimize açtığımızda "Allah'ım, ömrümden al onun ömrüne ver. Ona ömrü boyunca hayır işlet. Onun kusurlarını, günahlarını görme, ona öyle bir iman ver ki, hayatının sonuna kadar çaresizlerin ellerinden tutsun!" diyoruz.

Kapandım dizlerine... Ellerini avuçlarıma alıp öptüm, kokladım.

-Meğer bizi kimler ayakta tutuyormuş, meğer görünmez melekler etrafımda zırh olmuş, meğer Rabbimin hidayeti bu makbul dualar sayesinde geliyormuş.

Ben dünyanın dört bucağını dolaşarak aradığım çareyi, yatağa ve tekerlekli sandalyeye mahkûm olmuş bir ana kızdan bulmuştum.

Beni, felçli anne ve tekerlekli sandalyeye mahkûm, görme özürlü Melek tedavi etmişti.

Beni saatlerce bu iki insandan koparamamışlardı. Ağlaya ağlaya kendimi helak etmiştim.

Oradan ayrıldığım zaman karşıma çıkmasını sabırsızlıkla beklediğim Melek'in bu kız olduğunu anlamıştım. Bundan daha büyük rehber, bundan daha etkili öğretmen, bundan daha yüce bir nasihatçi olabilir miydi?

Derhal talimatımı vermiştim elemanlarıma... Melek ve anneye güzel bir ev alınacak, ihtiyaçlarını gidermek için bakıcı tutulacak, her gün Melek'i evinden alıp okula götürecek bir servis temin edilecek.

O gün sabaha kadar alnımı seccadeden kaldırmadım. Rabbime yalvardım, gözyaşı döktüm. Artık benim en büyük hazinem ve zenginliğim onlardı.

İşyerime dönünce bütün imkânlarımı bu hizmet yoluna seferber etmeye karar verdim.

Her yıl bir il seçip oraya eğitim yatırımları yapacaktım, fakir ve zeki çocukların okuması için de burslar temin edecektim.

Madem kendisini iman ve Kur'an'a adayan Mustafa'ya kavuşamadım, onu kaybettim. Ben de kendimi bu yola adayıp önce Allah'a sonra da Mustafa'ya yakışır bir eş olmaya karar verdim.

Belki ileride bir gün karşılaşırsak, benim bu yolda ömür tükettiğimi bilsin, hiç evlenmeyerek de sevdasını lekelemediğimi anlasın.

## BABAM BENİ HARCAMAYA KARAR VERMİŞTİ

Babam benim Allah'a olan sevgimi ve dine olan eğilimimi geçici bir heves olarak düşünerek, çalışmalarıma uzun zamandan beri ses çıkarmıyordu. Belki de alanında üstün bir performansa sahip Mustafa'yı kazanıp işine yarar hale getirmem için sessiz kalıyordu. Ama bir iş kadını olup kazandıklarımı eğitim ve hayır yatırımlarına ayırınca, hissedilir derecede tepkisini belli etmeye başlamıştı.

İşin en kötü yanı ise annemi de yanına çekerek, yaptıklarımla dinci camiaya hizmet ettiğime, bunun da aile felsefesine ters düşerek, çevrede büyük tepki topladığıma inandırmıştı.

Çalışmalarıma aile engeli çıkar ve aramızda bir çatışma doğarsa gözü dönmüş babam bunu hoş görmezdi. Ömrü din ve din adamlarına düşmanlıkla geçen bir insan, kızının o çevreye sempati duymasını asla affetmezdi.

Bu hesaplaşmanın çok yakın olduğunu hissetmeye başlamıştım. Zaten çok da sürmemişti.

Bu konuyu aile ortamında konuşmak yerine kendi makamına çağırmıştı. Hem de tam bir gözdağı programı hazırlayarak...

Odasına girince babamı o güne kadar hiç görmediğim bir heybet, bir haşmet içinde, başı göklere değen bir gurur ve eline geçirdiğini ezen bir öfke halinde bulmuştum. Bakışlarıyla canımı söküp almak ister gibi her halinden nefret saçılıyordu.

Yanında, olup bitenleri tahmin eden annemin mazlumca duruşu bana her şeyi anlatıyordu. Sanki "Kızım sakın sesini çıkarma, ne derse baş üstüne de. Bu adam seni harcamakta kararlı. Eğer sessiz kalıp boyun eğersen kurtulursun, yoksa 'kızım' demez seni ezip geçer. Çünkü o, prensiplerini çiğnediğini, kendisini çevresinde küçük düşürdüğüne inanıyor." diyordu.

Odada danışmanları, şirketin en popüler görevlileri, akıl hocaları ve benim şirketimde çalışan üst düzey bazı kişiler vardı. Tam bir mahkeme salonunu andıran bu ortam her şeyi anlatıyordu.

Şimdi önümde iki seçenek vardı. Ya babamın dünyasında ömür boyu ruhumu ve kalbimi paraya satarak, dine ve Allah'a ters düşecektim, ya da en ağır cezaya razı olup her şeyini kaybetmiş bir insan olarak Anadolu yollarına düşecektim.

Bu benim için çok zor bir karar olacaktı. Varlık içinde büyümüş bir kızın yokluk içinde yeni bir dünya kurması ne kadar mümkün olacaktı? Bu mümkün olsaydı bile bu restimi babam affedecek miydi? Peşime, işi kan dökmek olan adamlarını takıp beni ortadan kaldırmayacak mıydı?

Beynimde binlerce çıkmazın bir yumak olduğu keşmekeşle tam babamın karşısında benim için ayrılan koltuğa oturmuştum.

Her şey hazırdı. Olacakları çok iyi biliyordum. Çok ağır bir şekilde suçlanacağım, savunmama bile tahammül edilmeyerek, hemen boynuma suçlu yaftası asılıp sessiz sedasız ortadan kaldırılacaktım.

Gözlerimi kapadım, Melek'in evinde duvara asılı olan o yazıyı hatırladım:

"Allah var, keder yok."

Ohhh... Derin bir soluk aldım.

"Sizin gücünüz varsa, benim de Allah'ım, var", dedim ve O'na teslim oldum.

Babamın o kin ve hakaret dolu saldırılarına hazırlanırken, bir anda karşımda Fatma Teyze belirdi, o nur yüzlü mütebbessim haliyle... Beni o mis gibi kucağına basmak istercesine kollarını açtı, tek tek konuşmaya başladı:

"Kızım unutma... Allah'a dayanan kazanır, kula dayanan kaybeder. Eğer Allah bir şeyin olmasını istemezse, bütün insanların gücü de toplansa o iş gerçekleşmez. Eğer Yüce Yaratıcı bir hususun olmasını isterse bütün halk karşı da çıksa tesir edemez. Korkma... Allah'ın düşmanları, Allah'ı seven mazlum bir kula zarar veremez."

Ellerine kapanmak için bir anda hamle yaptım ama gözlerimin önünden uçup gitmişti.

Bu müthiş desteğin ardından hazırdım artık her şeye. Ne olursa olsun, kim gelirse gelsin. İster beni işten atsınlar, ister evden kovsunlar, isterlerse de bir katil kiralayıp Rabbim için öldürsünler. Her şeye hazırdım artık. Ölümden korkmayan, neden korkar?

## İŞTE TAM O ESNADA...

İşte bütün adamlarıyla birlikte beni ablukaya alıp müthiş bir güç gösterisiyle beni pes ettirmek için tezgâh hazırlayan babam hışımla ayağa kalkıp parmağını bir cellât gibi sallayarak köpürmüş ağzından bomba gibi kelimeler düşmeye başlamıştı:

-Bana bak, dedi. Ben bu ihtişamı, bu gücü elde etmek için bir ömür verdim. Benim varisim olacak olan da benim gibi olmalı. Kafandan şu Allah ve dini söküp atmazsan seni derhal kapı önüne koyup aç kurtlara yem ederim.

Benim fikri, felsefesi belli onurlu bir çevrem var. Bağnazlıktan uzak, demokrat ve laik... Bizim yolumuzu Allah değil, akıl ve bilim belirler.

Ya bana yakışır bir kız olursun, ya da bugünden itibaren bütün yetkilerin alınarak sokağa terk edilirsin.

Sana son bir teklifim var. Bunu kabul etmezsen hemen şimdi benim için bitmiş bir paçavrasın demektir. Onun için iyi düşün, başka bir şansın asla olmayacaktır.

Danışmanım Faruk Bey'le evlenecek, ona layık bir eş, bana da tapan, emrimden çıkmayan, yobazlarla da bütün ilişkilerini bitirmiş bir uşak olacaksın.

Dinsiz Faruk'un adını duyanca arkasını dinlemedim bile... O anda eridim, bittim ve yıkıldım. Bu korkumdan değildi. Yüreğimde bir saniye bile sevdası çıkmayan Mustafa'm içindi. Her türlü fedakârlığa katlanırdım, ama Mustafa'ya hazırladığım kendimi bir başkasıyla asla düşünemezdim.

Demir yumruk gibi sözlerin birinin inip birinin kalktığı bu boğucu ortamda o kadar bunaldım, o kadar daraldım ki, beynimde tek bir ses çınlıyordu:

"Ya Rabbi kurtar beni!..."

İşte o an herkesi dehşet içinde bırakan bir olay gerçekleşti.

Babamın yaptığı hazırlığı, planları bozan, her şeyi alt üst eden esrarengiz bir hadise...

Önümden rüzgâr gibi bir gölge geçip süratle babama ulaşmıştı. Bana olmadık hareketler yağdıran babam ise tam o esnada yere yığılıvermişti.

Bütün adamları bir anda yerlerinden fırlayarak babama doğru koşmuşlardı. Annem ise kendinden geçercesine üzerine kapanıp çığlık çığlığa bağırmaya başlamıştı.

Ben ise yaşadığım şokun psikolojik baskısı altında ne olduğunu bir an anlayamamıştım. Fakat o görünmez gölgenin adeta ilahi bir intikam için odaya sessizce süzüldüğünü derhal fark etmiştim.

-Rabbim! diye bağırdım sesimin çıktığı kadar.

-Rabbim!

Sana inanan ve güvenen kullarının onur ve şerefini koruyan Rabbim! Sana sırt dönen insanlara dillere destan dersler veren Rabbim!

Bir saattir kan ter içinde yaşadığım o bunaltıcı baskının ardından ortaya çıkan bu inanılmaz hadiseyle, O'na kul olmanın şerefini ve ayrıcalığını bir kez daha anlamıştım.

Her ne kadar ömrü Allah'a isyanla geçmiş olsa da, her ne kadar beni Rabbimden koparmak için her türlü rezaleti planlasa da, yine de o benim babamdı. Onu binlerce dolar harcayarak yaptırdığı ihtişamlı odasının ortasında çırpınırken görmeye dayanamadım ve yerimden bir ok gibi fırlayarak üzerine atıldım.

Odaya dolan uğultular, feryatlar, şaşkınlık dolu çığlıklar son nefesine dayanmış babam için bir çare değildi. Dakika geçmeden yetişen özel sağlık ekibi, bütün maharetlerini kullanıyor ama onu Azrail'in elinden kurtarmaları mümkün olmuyordu.

Rabbim! Bu öyle bir çırpınış, öyle bir dehşet ve bir dramdı ki, bir anda terler içine gömülen vücudunu, binlerce kasabın elinden kurtarmak ister gibi ölesiye bir çaba veriyordu.

Boğazına kilitlenen hırıltılardan, yüzüne oturan morartılardan nasıl bir ızdırap içinde boğuştuğu belli oluyor ve herkesi ürkütüyordu. Bir yudum nefes için yerleri tırmalayan, çevresindeki insanlardan çaresiz bir çocuk gibi imdat bekleyen, göğsüne oturan binlerce tonluk ölüm baskısından kurtulmak için başını sağdan sola çarpan babamın her şeyin bitmekte olduğunu fark etmesi, ona öylesine bir azap veriyordu ki bunu seyretmeye dayanmak bile mümkün değildi.

Gözleri sonuna kadar açılmış, bakışlarındaki insanı ürperten çaresizlik, etrafına toplanan adamlarını korkutup kaçıracak kadar ibret doluydu.

Ömrünü, Allah ile kavga etmeye adayan babamın bu anlayışının hesabını Azrail, öyle korkunç bir intikamla alıyordu ki, simasına yerleşen dayanılmaz acıdan bunu herkes dehşetle izliyordu.

Ah baba! Ne olurdu paraya tapan bu ömrün ebedi olmayacağını bilseydin. Ne olurdu menfaat için her şeyini veren bu çevrenin içinden sıyrılabilseydin. Ne olurdu, seni yaratan Zatın, seni bir gün ansızın alacağını anlasaydın. Ve ne olurdu seni dualarla uğurlayan dostların olsaydı.

Ah ne olurdu babacığım!

Allah'a kafa tutarak, bu dünyada para kazanıp zengin oldun ama bu servet senin manen iflas edişini engelleyemedi. Şunu bir türlü anlayamadın ki, doğarken sana sorulmadı, ölürken de sorulmayacaktı.

Ölümden sonraki hayat hiç mi seni ilgilendirmedi. Sana Allah'ı inkâr ettiren dostların sana kabir kapısından sonra arkadaşlık edemeyeceklerini neden düşünmedin?

En büyük zenginliğin dünyada bıraktıkların değil, ahirete götürdüklerin olacağını sana defalarca söyleyen kişilerin bir kere bile haklı olabileceklerini neden aklına getirmedin?

Sen malı ve şöhreti buldun ama yaptığın hatalar ve yanlışlarla Allah'ı kaybettin.

Hey babam! Bundan daha büyük felaket olur mu?

Ah babam! Bil ki şu anda çare olacağını bilsem senin kurtuluşun için hayatımı feda etmeye hazırım.

Sen beni Allah'tan koparmak pahasına her türlü vicdansızlığı planladın ama ben yine de sana hakkımı helal ediyorum. Benim için ahirette ceza görmene dayanamam.

İnşallah Rabbim de sana rahmetini esirgemez.

Babam o esnada hayvan anırmasına benzer canhıraş bir ses çıkarmış ve sanki bu "Ben o rahmetten mahrum kaldım, hiçbir umudum yok" anlamına gelen bir cevap olmuştu. Bu ses öylesine korkunç bir şekilde odada yankılanmıştı ki, bunu duyan herkes kulaklarını kapamış ve yüzünde oluşan o müthiş acıyı görmemek için de gözlerini yummuşlardı. Hele başındaki doktor bu dehşet dolu sahne karşısında tir tir titreyerek bir türlü kendine gelemiyordu.

Bir taraftan, feryat figan içinde önümde yatan babamın haline ağlarken, bir taraftan da aklımdan neler geçmiyordu ki?

Hele Melek kızın annesinin söylediğini, babamın son nefesini verişinde bilmem ki kaç kez tekrarlayıp durmuştum:

"Allah'ı bulan neyi kaybeder? Allah'ı kaybeden neyi bulur? Bulsa da başına bela bulur."

Bu ibretli söz tam babamı anlatıyordu.

Allah'ı kaybettiği için, buldukları da başına bela olmuştu. Hem öyle bir belaydı ki, arkasında insani değeri olan bir dost bırakamadığı gibi, bir tek hayır işi de nasip olmamıştı. Bütün hayat sahneleri din ve imana saldırmakla doluydu. Böyle bir insanın ahiret hayatını hayal etmek bile insanı ürpertiyordu.

Ölüm sahnesinde yaşanan görüntüler ömür boyu belleklerden çıkmayacak, ibretli bir hakikat olarak dilden dile dolaşacaktı.

Hele o son nefes...

Allah'ım, buna can mı dayanırdı?

İmdat istercesine son bakışını anneme yöneltmişti. Yalvarırcasına ellerini açtı, ama boğazına binlerce insan çullanmış gibi müthiş hırıltılarla gözler önünde boğulmaya başlamıştı. Sanki kahredici darbelerle kafasına balyozlar iniyormuş gibi, adeta başı kesilmekte olan bir hayvan gibi böğüre böğüre tam bir dehşet içinde gitmişti.

Allah'ım! Sanki can veren o değil de odadaki herkesti. Ellerini yüzlerine kapayanların kendilerini kaybedercesine haykırışları kulakları parçalıyordu.

Günlerce babamın ölüm anında yaşadıkları karşısında kendime gelemedim. Bir türlü hayallerimden ve rüyalarımdan çıkmamıştı.

Ölüm gerçeği öylesine içime nüfuz etmişti ki artık ölüm benim ayrılmaz bir parçam olmuştu. Şunu çok iyi anlamıştım ki en büyük sınava hazırlanan bir öğrencinin nasıl ki her gün düzenli çalışması gerekiyorsa, ölüm gibi hayatımızın en çetin sınavı için de günlük yapacaklarımız ve ibadetlerimiz olmalıdır.

Bu ihmal edildiği gün, ansızın Azrail'e yakalananların son nefesinde yaşayacakları da babamdan farklı olmayacaktır.

## Dördüncü Bölüm

# ESAS HAYAT İMTİHANIM YENİ BAŞLIYORDU

### ETRAFIMI HAİNLER SARMIŞTI

Şu Rabbimin işine bakın ki, bütün beyin takımıyla birlikte beni sorguya çekip gözden çıkarmaya kesin kararlı olan babamın planlarını Yüce Allah tam tersine çevirerek, o makama beni oturtmuştu. Çünkü babamın tek varisi olduğum için şirketin yönetimi bana kalmıştı.

Ne yazık ki, şirketin başıma neler açacağını bilmediğim gibi beni bekleyen akıl almaz sürprizlerden de haberim yoktu. Babamın boyundan büyük işler içinde olduğunu ve karanlık ilişkiler ağında önemli roller üstlendiğini öğrenince delişete düşecektim.

Yönetimi ele alır almaz, ilk yaptığım iş, şirketin beyin kadrolarına güvenilir elamanlar getirmek oldu. Ama bunu yaparken öylesine bir dirençle karşılaştım ki defalarca öldürülmek istendim, tuzaklara düşürülmeye çalışıldım ve çok ağır tehditler aldım. Bütün bu ihanetin içinde hâlâ ayakta kaldıysam, Rabbimin mucizevari himayesiyle olmuştu. Yoksa görünür sebeplere göre onlarca kez vücudumun ortadan kaldırılması gerekiyordu.

Bana karşı bu sert muhalefetin nedenlerini öğrendiğimde tek kelimeyle küçük dilimi yutmuştum.

Meğerki babam, kendisini ablukaya alanların baskısıyla beni tasfiye etmek için öldürülmemi bile göze almış... Nedeni ise, şirketin tek varisi olmam nedeniyle babam ölürse istedikleri rantı elde edemeyeceklerini düşünmüş olmalarıdır.

Babamın, silah kaçakçılığından uyuşturucu ticaretine, derin devletin illegal yapılanmasından çetelere kadar bulaşmadığı kirli iş kalmamıştı. İşte bunların bir kısmı babam tarafından doyurulan, istedikleri kadar paralar akıtılan kesimlerdi.

Önüme ödemeler geldiğinde gözlerime inanamamıştım. Bütün terör örgütlerine silah satılıyor, seçilmiş hükümetleri alaşağı etmek için kurulan karanlık güçlere kaynak temin ediliyor, 'Laiklik elden gidiyor' diye meydanlara dökülenlerin harcamaları karşılanıyor, özellikle de dine ılımlı bakan hükümetlere karşı oluşturulan gizli muhalefetin mali istekleri temin ediliyordu.

Meğerki babam karanlık odakların elinde oynattıkları bir piyon olmuştu. Hem kendisine bol paralar kazandırılıyor, ihaleler veriliyor; öte yanda da bütün bunlar insan hak ve özgürlüklerini ortada kaldıracak çalışmalara destek için geri alınıyordu.

Kurulmuş bu düzenin varlığını hissedince şiddetle karşı çıkmıştım. Benden istediklerini koparamayacaklarını anlayınca önce tehditle, sonra da suikastlerle sonuç almayı denemişlerdi. Rabbim bunlara da izin vermeyince, bu sefer de şirketi çökertme yoluna gitmişlerdi.

Etrafımda kümelenen cesur insanların direnciyle bunun da kolay olmayacağını anlamış olacaklar ki, bu sefer de şirketin beyni durumundaki arkadaşlarımı birer birer saf dışı bırakma planını uygulamaya koymuşlardı.

Bazısı trafik kazası geçiriyor, bazısının hanımı kaybediliyor, bazısının da çocukları felakete uğruyordu. Herkesi bir korku ve telaş almıştı.

Bu çıkmazın içinde çırpındıkça batıyor, sabahlara kadar Rabbime yalvarıp bir çıkış arıyordum.

Hâlbuki ben şirketin yükünü, kazandığımla tamamen hayır işleriyle uğraşmak, özellikle de Anadolu insanının eğitimine yatırım yapmak için çekiyordum. Yoksa bana ve anneme mütevazı bir hayat yeterdi. Bu niyetimi çok iyi bilen hainler bunu engellemek için şirketi batırmak istiyorlardı.

## EZAN SESİNİN ESRARI...

Bir tarafta bu mücadelem sürerken, bir taraftan da Mustafa burnumda tütüyordu. Bu konuların uzmanı olan Mustafa'ya o kadar ihtiyacım vardı ki anlatamam. Hem benim iş hayatımda onun yardımına ihtiyacım vardı, hem de yıkılmış ve çökmüş moralimin yeniden şahlanması için onu arzu ediyordum.

Benimle evlenmek için kapımı çalanlardan hiç birinin Mustafa'nın yerini doldurması mümkün değildi. Bu yüzden kimseye bu gözle bakmıyordum. Çünkü ilk karşılaştığımız günden beri Mustafa'nın sevdası damarlarımda gezmeye, rüyalarımı süslemeye devam ediyordu.

En zor günlerinde bile ona olan bağlılığım direncim oluyor, bir gün kavuşma hayaliyle ayakta duruyordum.

İş hayatının bu boğucu ikliminden bir nebze uzaklaşarak manevi boyutun tılsımlı havasını solumak için, masraflarını şirketten karşılanmak üzere yüz kadar öğrenciyi Çanakkale'ye geziye götürmüştük.

Birkaç iş kadını, iki tane de rehber hoca bizlere eşlik ediyordu.

Aracımız öğle namazı için bir şehrin çıkışındaki bir cami önünde durmuştu. Orada namazlarımızı kılıp devam edecektik.

Fakat duyduğumuz ezan sesi bir anda vücudumu diken diken ederek, içime dayanılmaz bir heyecan salmıştı. Bu müthiş duyguyla kendimi başka âlemlerde bulmuştum.

Aman Allah'ım, bu ses Mustafa'nın sesine ne kadar da benziyordu.

Hemen aceleyle abdestlerimizi aldık, namazımızı eda ettik. İmam çıkmadan ona yetişmek istiyordum. Arkadaşlar ve öğrenciler kuşkulanmasın diye de "İmama danışacağım bir konu var, onu soracağım" diye bahane bulmuştum.

Namazın ardından cemaat birer birer çıkmaya başlayınca, ben de Mustafa sandığım imamı kalbim çarpa çarpa beklemeye başlamıştım. Allah'ım, öylesine bir duyguydu ki bu, damarlarımı şaha kaldıran tesiriyle düşüp bayılmaktan korkuyordum.

Mustafa diye beklediğim, cemaatin en arkasından çıkan gençle birden göz göze gelmiştim.

Benim çekingen ve tedirgin olan halimi görünce.

-Bir şey mi soracaktınız hanım efendi? dedi nezaketli bir yaklaşımla.

Daha benden cevap almadan:

-Siz İlkay Hanım olmalısınız, diye atıldı iri siyah gözlerini kısarak... Sizi İtalya'da görmüştüm. Fakir öğrencilerle ilgili yaptığınız çalışmayı anlatıyordunuz.

Ben o zaman öğrenciydim, siyaset biliminde doktora yapıyordum. Oradaki öğrencilere çok yardımlarınız olmuştu. Sizlere ne kadar dualar ettim, anlatamam.

Sizleri gerçekten tebrik ederim. Allah sizden razı olsun. Memleketimizin böyle insanlara çok ihtiyacı var. Manevi değerleri çöken toplumlarda dayanak noktası oluyorsunuz. Sizler eğitime verdiğiniz destekle temel direkleri sağlamlaştırıyorsunuz.

Dualarımız her zaman sizinle ve sizin gibi hayatını hayır işlerine adamış kişilerle olacaktır.

Çok mahcup olmuştum. Yapılan küçük hizmetlerin bu kadar ilgiyle takip edileceğini nereden bilecektim.

Sempatik davranışlarıyla derhal insanı etkileyen delikanlı;

-Affedersiniz, diye devam etmişti.

Sizleri sormadan heyecanımdan hemen konuya girdim. Burada bulunma sebebiniz nedir? Yine hayır işi mi?

Söylemekle söylememek arasında bir an tereddüt etmiştim. Sonra doğruyu ifade etmekten başka çıkış yolu bulamadım.

-Ezan sesiniz beni çok etkilemişti, dedim. Maşallah öyle ihlâslı okuyorsunuz ki, böylesine insanlara tesir ediyorsunuz. Bunun için sizi tebrik etmek istemiştim.

-Estağfurullah efendim. İnşallah bu temenniniz dua hükmüne geçer de gerçekten öyle olur.

-Dikkatimi çeken bir başka husus da sesinizin, Mustafa adında bir kardeşimin sedasına çok benzediğiydi.

-Mustafa Osmanoğlu'ndan mı bahsediyorsunuz yoksa?

Çocuksu bir heyecanla atıldım, derhal.

-Yoksa onu tanıyor musunuz?

-Evet, dedi. Hem de çok iyi tanırım.

-O benim bu hizmetteki ilk göz ağrımdır.

-Şu Allah'ın işine bak... Bizler de okulda öğrenciyken Mustafa Ağabey elimden tutup iman ve Kur'an derslerine götürmüştü.

Yıkılmıştım heyecanımdan oracığa... İçimdeki yara birden deşilmişti, gönlüme yine cerahati akmaya başlamıştı.

-Şimdi nerede? diye atıldım bir çırpıda cevap almak için...

-Bir yıldan beri Moskova'da. Orada açılan Türk okulları için gitti.

Malum, çok iyi Rusça ve İngilizce bildiği için büyükler orada görev yapmasını uygun bulmuşlar. Zaten kendisi de inançsızlık ve başıboşluk girdabında boğulan Rus gençlerine bir umut ve bir ışık olmak için orasını çok istiyordu. Dedeleri de o taraftan geldiği için onlara karşı bir vefa borcu hissediyordu.

Mustafa Ağabeyin bende telefonu var. İsterseniz verebilirim.

Sanki içimi okuyordu. Yalvarır bir ses tonuyla;

-Çok memnun olurum, diye atıldım hasretimi belli ederek.

Cebinden küçük bir kâğıt çakardı, üzerine yazıp elime tutuşturdu.

Elindeki kâğıdı uzatırken, düşüp bayılmamak için kendimi zor tutuyordum.

Artık dünyalar benim olmuştu. Bu sevincin, bu mutluluğun tarifi olur muydu Allah'ım? Bulutların üstünde Mustafa'ya doğru kanat çırpıyordum artık... Beni kimse durduramazdı.

## ALLAH'IM! NE OLUR KALBİM DURMASIN

Yüzünden iffet ve hayânın okunduğu edep timsali delikanlıdan ayrılır ayrılmaz telefona sarıldım. Tuşlara nasıl dokunduğumu, nereyi çevirdiğimi, karşıma çıkarsa ne diyeceğimi bilmeden, kalbim yerinden söküle söküle karşıma çıkacak sesi bekliyordum, iki büklüm taşın üstüne oturarak.

Eğer telefonu açarsa yıllar sonra ilk kez sesini duyacaktım.

Acaba evlenmiş miydi? Bu soruyu imama soramadım. Kaç kez dilime geldi ama yanlış anlaşılır diye söyleyemedim.

Telefon çaldıkça, zaman uzadıkça, heyecanı bütün bedenimi uçuruyor, kendimi helak edercesine sıkıp kahrediyordum.

Allah'ım! Bu sahneye nasıl dayanılır? Yardım et. Beynim çatlamak üzere. Ne olur...

Sabır sınırlarımı çatlatan telefon çalışlarının bir türlü bitmeyeceğini beklerken, açıldığını duyunca kaybettiğim en değerli emanete yeniden kavuşmuş olmanın paniği içinde can havliyle atılmıştım:

-Mustafa, dedim kontrol edilmez bir ses tonuyla.

İlk anda sesin bir bayana ait olduğunu anlayınca:

-Kimsiniz? diye atıldı soğuk ve çekingen bir havayla.

-Ben İlkay, dedim.

Bıçak keser gibi ses aniden kesilivermişti. Telefonu kapatmasından korkarak:

-Ne olur, dedim. Bir dakika dinleyin beni... Paylaşmam gereken çok önemli konular var. Lütfen... Şimdi müsait değilseniz istediğiniz vakitte arayayım. Ne olur reddetmeyin... Yıllardır bu anı bekliyordum. Eğer en ufak bir merhametiniz varsa beni anlarsınız.

İnadına soğuk bir ifadeyle:

-Dinliyorum, dedi.

-Bana ışık oldunuz, yol gösterdiniz, yeni bir dünyanın kapısını araladınız. Bu sayede "İman ve Kur'an hakikatlerini" tanıdım, Rabbime yöneldim. Şimdi bütün hayatımı hizmete vakfettim. Şimdi onlarca öğrenciyle Çanakkale gezisindeyiz.

-Tebrik ederim, dedi beklediğim bir şekilde yumuşayarak... Bunları bilmiyordum. Rabbim daim etsin, muvaffak kılsın.

-Benim âlemimde bir ışık, bir yıldızsın sen... Ben senin etini, kemiğini, boyunu posunu sevmedim. Ben senin kibarlığını, nezaketini ve ruhunu sevdim. Genç kızlık hayalleriyle bir aşk kovalamıyorum. Beni Rabbimle buluşturan bir kahramanın özlemi ve hasreti içindeyim.

Sana olan sevdamın dünyalık bir nefisle ilgisi yok. Ben aşk meşk delisi değilim. Benim rüyalarımı süsleyen seninle maddi beraberlikler, evlilikler, balayları değildir. Ben senin Allah rızası için gayretine, fedakârlığına, safiyet ve çabana vurgunum. Senin yanında bu iklimde yer alıp ilahi huzura bu şerefle çıkmak istiyorum. Ömrüm boyunca Allah'ı çok seven bir kula hizmet ederek bu makama erişmek derdindeyim. Bütün bunları çok iyi bildiğin halde niçin benden ısrarla kaçıyorsun?

Allah'ım şahit olsun ki, rüyalarımdan ve hayallerimden hiç çıkmadın. Her namazda ellerim Rabbime senin ve sevgin için kalkıyor. Sensiz bu hayatta çok yalnızım. Eğer imdadıma gelmezsen çevremdeki art niyetli ruhsuz insanlar beni de günahlar cehennemine hapsedecekler.

Ne olur reddetme... Benim tek isteğim budur.

Kendimi tutamayarak ağlamaya başlamıştım.

-Ben bunları bilmiyor muyum sandın? diye yumuşadı birden. Seni unutup terk ettiğimi mi düşünüyorsun? Senin yüreğini yakan sevda beni de yakıyor.

-Öyleyse benden niçin kaçıyorsun? diye bağırdım sesimin çıktığı kadar.

-Ben senden kaçmıyorum. Köle olmaktan, boyun eğmekten, Allah'a isyan etmiş insanların emrine düşmekten kaçıyorum.

-Değişti her şey... Ne olur görüşelim, sana anlatacaklarım var. Kaçma artık benden ne olur...

Yine kendimi kaybederek ağlamaya başlamıştım.

-Şimdi müsait değilim, seni arayacağım, dedi.

## KENDİMİ KAYBETMİŞTİM

Taşın üstünde birkaç dakika içinde yaşadıklarıma ben de inanamamıştım. Belki de bu masum gençler hürmetine Yüce Allah, en daraldığım günlerde bir umut göndermişti.

Arkadaşlar yanıma geldiklerinde kuşlar gibi uçuyor, dünyalara sığamıyordum. Yıllardır hasretini kurduğum bir Allah dostuna yeniden kavuşmuştum.

İkinci telefon gelene kadar kalbimin nasıl dayanacağını bilemiyordum. Saniyeler yıl olmuş, dakikalar da asır gibiydi.

Artık yola çıkmış Çanakkale'ye yaklaşmak üzereydik. Benim gözlerim hiçbir şeyi görmüyor, kulaklarım hiçbir şey duymuyordu. Etrafımda olup bitenlerin farkında bile değildim. Hayatımda hiçbir telefon sesinin bu kadar değerli ve bir ömre bedel olduğunu hiç hatırlamıyordum.

Eğer bugün bu telefon gelmeseydi asla dayanamaz, atlar Moskova'ya giderdim. Çünkü yarım kalan bu konuşmanın nasıl biteceğini göremeden, ne yatabilir ne de uyuyabilirdim.

Ama gelmedi, gelmedi...

Beyin hücrelerimin havalarda uçtuğu, yüreğimin binlerce parçalara bölündüğü amansız bir heyecan içinde, çocuklar gibi titriyordum. Telefon sesine öylesine kilitlenmiştim ki, kulağım ve gözüm dışında bütün organlarım durmuştu sanki...

Çanakkale'de öğrencileri yerleştirdikten sonra bana tahsis edilen odada yatsı namazı için hazırlık yapıyordum. Ama kilitlenen vücudumu taşımak mümkün olmuyordu. Çenem kapandı, nutkum tutuldu, bir kelam etmeye bile mecalim kalmamıştı.

Yıllardır çektiğim hasret, şu birkaç saatte yaşadığımın yüzde biri bile değildi. Buldum derken kaybolan bir hayal gibi uçup gitmişti.

Kendimi zoraki taşıyarak güç bela seccadenin başına geçtim. Namazın manevi iklimi içinde Rabbime el açtım, bütün duygularımla yalvarıp imdat istedim.

Biliyordum ki O, çaresizlerin çaresi, her derdin şifasıydı. İçim yanarak, yüreğim kanayarak, kalbim çarparak ettiğim dualarımı henüz bitirmeden, telefon çalmıştı.

Bitmiş, takatsiz kalmış halimle telefonun sesini duyar duymaz, saniyeler içinde damarlarıma taze bir kan pompalayan telefonun üzerine bir kaplan gibi atlamıştım.

Mustafa'nın sesini tekrar duyunca, bütün atmosferin oksijenini ciğerlerime doldurmak ister gibi derin bir "şükür" çektim.

-Sen aradığında dostlarımla çok önemli bir toplantıdaydık. Onun için yarıda kesmek zorunda kaldım; özür dilerim, dedi içimi titreten bir ses tonuyla.

Şimdi buyurun sizi dinliyorum İlkay kardeşim.

Bana "İlkay kardeşim" diye başlamasının çok açık bir amacı vardı: Ben seni kardeş olarak görüyorum, bunu uzatmanın bir anlamı yok, mesajı vermek istiyordu.

Benden de "Madem öyle, bu iş burada bitsin!" diyerek pes etmemi bekliyordu.

Bu mümkün müydü? Yıllarca beynimi ateş gibi kemiren, kalbimi lime lime yaralayan, hayallerimi süsleyen, ümidimi coşturan, yeni bakışıma, yeni hayatıma, hizmet şevkime vesile olan o sevda "Peki, öyle olsun!" demekle biter miydi?

-Mustafa, diye devam ettim. Şunu tekrar ediyorum, lütfen dinleyin; benim gösterişli bir düğüne, ihtişamlı evliliğe, hayaller içinde aşk meşk yapmaya ve gençlik hevesleri ile coşan bir gönül macerasına niyetim de yok, ihtiyacım da...

Tek amacım senin yanında kalıp bir ömür boyu Allah rızası için desteğinle yaşamak. Senin telkinlerinle, fikirlerinle yol bulup ideal bir ruh kazanmak...

Bilirsin ki insan sevdiği işi yapar. Sevdiği insana sığınır, sevdiği ortama bulunmak ister.

İşte benim tek özlemim ve hasretim de, senin nikâhının altında kabre yürümektir. Bu onurla, bu şükürle, bu huzurla ilahi iklime vasıl olmaktır.

Niçin bunu bana çok görüyorsun? Neden benden yüz çeviriyorsun? Neden bu masumane isteği reddediyorsun?

-Ben evlilik gibi ağır bir yükün altına girmeye hazır değilim. Ben davamla evliyim. İkinci bir evliliği kaldıramam.

Bu seni sevmediğim ve istemediğim anlamına gelmez. Lütfen sen de anla beni...

Bana insanlık nimetini bahşeden ve birçok kabiliyetle donatan, sağlıklı bir hayat lütfeden Rabbim için bir ömür hizmet etmek istiyorum. Gecemi, gündüzümü bu uğurda seferber etmek niyetindeyim.

Gençlik heyecanımı ve enerjimi birilerinin aile yükümlülüğü altında harcayıp eritmek istemiyorum. Çünkü hayatımı, elinden tutulması ve ışık olunması gereken gençlere adadım. Yirmi dört saatimi bu uğurda seferber etsem de yine azdır. Bütün vaktimi bu aşk ve şevk içinde geçirmek için çırpınmaktayım.

Sen de bana evlilik teklif ediyorsun. Ben "Evet" desem bile, benim bu hizmetime engel olmamak için senin "Hayır" demen gerekmez mi?

-O zaman söyle bir yol bulalım, diye atıldım bir çözüm sunmak için... Seninle nişanlanalım, nikâhlanalım bu da yeter bana. Yanında bulunup sana yük olmam gerekmez. Yalnızca kime ait olduğumu bileyim yeter. Senin eşin olma şerefi, benim en büyük gururum olur. Seni asla rahatsız etmem. Ara sıra sesini ve duanı alayım benim için kâfidir.

-Öyle bir şeyi asla kabul etmem, diye kestirip atmıştı. Nikâh demek sorumluluk demektir. Birlikte olacağım ve ev hayatı kuracağım insanla nikâh kıyıp ayrı dünyalarda bulunmak nikâhın ruhuna ters. Bu en büyük yanlış olur.

Allah'ım, bütün yolları, bütün ihtimalleri tek tek koparıyordu. Bir türlü içimin nasıl yanıp tutuştuğunu anlamıyordu. Oysa ondan ayrı bir anlık hayatımın bana nasıl azap olduğunun farkında değildi.

Onca yalvarmam, çırpınışım ve çaresizliğim karşısında dayanamayan Mustafa o merhamet dolu yüreğini nihayet bana açmıştı:

-O zaman, dedi. Size şöyle bir vaatte bulunabilirim.

-Nedir? diye atıldım.

-Eğer bir gün evlenirsem, bilin ki ilk kapısını çalacağım insan siz olursunuz. Eğer evlenmeyip de âlem-i ahirete göç edersem sizi kabir kapısında bekleyeceğim.

İşte bu bana yetmişti. Hem öyle bir yetmişti ki, hayaller içinde yüzen bir genç kız edasıyla çığlıklar atmaya başlamıştım.

Telefonu kapatacağını anlayınca, aklıma gelen son umutla yeniden şahlanıp;

-Bir dakika, diye atladım. O zaman bir ömür boyu ümidimin devam etmesi için hiç değilse bir söz keselim. Bizim sözlü olduğumuzun bilinmesi bile benim için evliliğe bedeldir. Ondan sonra ömrümün sonuna kadar beklerim, seni...

Bunu o kadar ısrarla istedim ki kelimeleri sıralarken hıçkırıklarım birbirine karışmıştı.

-Peki, dedi. Madem senin için hayatının en büyük gayesi buysa, sana dünyayı zindan etmek için, dediğin gibi olsun.

Bu sefer coşkum kontrol edilmez hale gelmişti

-O zaman ben Moskova'ya geliyorum, dedim. Bu işi hemen bitirmeliyiz, yoksa bu heyecan beni götürür.

Çok şaşırmıştı:

-Hemen mi? diye sordu, şaşkınlık içinde.

-Evet, hatta mümkün olsa şimdi.

-Öyleyse önce ailenin rızasını al. Yoksa babanın sitemlerine dayanamam.

-Tamam, hemen, şimdi...

Uçtum, uçtum... Serçeden daha kıvrak, kartallardan daha hızlı kanatlanmıştım. Bir anda kâinatı kucaklayarak, bulutların üstünde bir mutluluk saltanatı kurmuştum.

Kendimden geçecek kadar çıldırdığım sevincimle bana dar gelen dünyadan çıkıp gezegenlerde, galaksilerde, kırk bin âlemlerde seyran etmeye başlamıştım. Allah'ım, ömrümde böyle bir şeyi ilk kez yaşıyordum.

Yatsı namazını kılıp tesbihat ve duanın arkasından kendime geldim ki, başımı koyduğum seccadenin üzeri sırılsıklam olmuş... Yüreğimin dalgaları bir fırtınaya dönüşerek bir türlü teskin olmuyordu. Ağladıkça rahatladığım, gözyaşı döktükçe sakinleştiğim bir huzur iklimi yaşıyordum.

Rabbimden tek istediğim; kendisine layık bir kul, Mustafa'ya uygun bir eş olmaktı.

## ÖLÜM TUZAKLARI

O sabah Moskova'ya uçmak için hazırlıklara başlarken, şirketteki danışmanlarım aramışlardı. Verdikleri haber bir ölüm kalım savaşının başladığını gösteriyordu.

Moskova işini birkaç günlüğüne tehir ederek, aceleyle şirkete dönmüştüm. Gelişmelerde ölüm ve kan kokuyor, gözü dönmüş şebekelerin pervasızlığı ne insanlık, ne hukuk ne de insaf tanıyordu. Kendi ülkesine ve kendi vatanına bu kadar ihanet eden bu çılgın kimselerin örneği herhalde dünyanın hiçbir yanında görülmemişti.

Bütün bu işleri de vatan ve millet adına yaptıklarını iddia etmeleri ise büsbütün insanı çileden çıkarıyordu. Bunlara inanan saf veya art niyetli insanların oluşturduğu destek grubu da ayrı bir toplumsal yara olarak ortada duruyordu.

Bana verdikleri mesaj aynen şöyleydi:

"Ya bizimle çalışır, babanın boşluğunu doldurursun, ya da şirketinle birlikte yok olup gidersin. Fazla zamanın kalmadı. Bu son uyarımızdır!"

İnsan kanı üzerinde saltanat süren bu insanların, insanlıkla alakası yoktu elbette ki... Bunun farkındaydım.

Artık önümdeki seçenek netleşmişti; ya onların dediklerini yaparak binlerce masumun günahına ortak olacaktım, ya da bu milletin masum insanlarını ve vatanın birliğini korumak uğrunda ölümü göze alacaktım.

Bu konuyu o gece saygı duyduğum bir büyüğümle istişare etmiştim. Ondan aldığım önerilerle de bir yol haritası belirlemiştim. Bu, kefeni belinde bir insan olarak yaşamak demekti. Bunu da tereddütsüzce göze almıştım.

Yıllardır silah kaçakçılarının, uyuşturucu tacirlerinin, kardeşi kardeşe kırdıranların, memleket yönetimini ele almak için insan hak ve hukukunu hiçe sayanların ve derin devlet şemsiyesi altında her türlü kanunsuzluğu yapanların mali destekçisi olan babamın bu yanlışlarını durdurmak için bir plan hazırlamıştım.

"Gelsinler görüşelim" diye haber gönderdim. Çok sürmeden adamları kanalıyla bir bir damlamaya başlamışlardı.

"Bütün isteklerine hazır olduğumu, bundan sonra kendileriyle çalışmak istediğimi" beyan etmiştim. Onlar da bunu kabul ettiklerini ifade etmişlerdi.

Ancak onların kafasındaki planı da çok iyi biliyordum. Hem benden destek alacak, hem de şirketin yönetimini kendilerine yakın insanlara vermem için zorlayacaklar; bu şekilde de şirketi ele geçirip benim yalnızca ismimi kullanacaklardı. Görünüşte resmi sorumlusu ben olduğum şirket, aslında derin insanların elinde bir para kaynağı durumuna düşecekti.

Uzun zamandan beri şirketten para sızdıran bu karanlık insanları bir bir tespit etmeye çalışmıştım. Ülkeyi bir kaosa sürükleyerek, kan dökmekten ve can yakmaktan medet uman bu kişilerin büyük çoğunluğunu, büyük paralar ödeyerek güvenilir bağlantılarım kanalıyla deşifre etmiştim.

Artık harekete geçmenin zamanı gelmişti. Beni gölge gibi takip eden bir takım ajanlar uyanmadan, ben işimi bitirmeliydim.

Önce elde ettiğim isimleri, bağlantıları ve bütün bilgileri savcılığa verdim. Yalnız bununla kalmadım, başbakanlığa, cumhurbaşkanlığına, meclis başkanlığına ve genelkurmay başkanlığına da birer örneğini gönderdim.

Ardından şirketi yok pahasına satıp annemi de İtalya'da güvenilir bir yere göndererek, günlerdir içimde kara bir sevda gibi işleyen Moskova yoluna düşmüştüm.

## Beşinci Bölüm

# ALLAH'IM!
# BÖYLE BİR HAYAT YAŞAMAK...
# BUNA CAN DAYANIR MI?

### ARTIK ÖLÜM DE GÜZELDİ

Benim de annemin de hayatı tehlikedeydi, artık. İğnenin deliğine de girsem bizleri bulup intikam alacaklarından hiç şüphem yoktu. Ama memleketi cehenneme çevirmeyi aklına koymuş bu insanlara karış Allah'ıma dayanarak bir adım atmıştım. Kefenim belimde her an ölümle yüzleşmeye hazırdım. Biliyordum ki, Allah'ın müsaadesi olmadan kimse bana bir şey yapamazdı. O, ölümüme izin verdikten sonra da bütün dünya koruyucum da olsa ellerinden bir şey gelmezdi.

Melek kızın annesinin "Allah var, keder yok" şeklindeki tesellisi benim için en büyük güven kaynağıydı.

Korkuyla umudun, huzurla endişenin, mutlulukla kederin iç içe geçtiği tedirginlik içinde uçağa binince tesettürlü bir bayanla yan yana oturmuştuk.

Oldukça kibar, sempatik ve güler yüzlü olan bu hanımefendiyle hoş, tatlı bir sohbet, yolculuğu doyumsuz bir hale getirmişti.

Şu Allah'ın işine bakın ki, İngilizcesi ve Rusçası çok iyi olan bu bayan, Mustafa'nın da çalıştığı okula görevli olarak gidiyordu.

Henüz üç aylık evliyken eşini kaybetmiş olan bu hayatının baharındaki kadın, yaşadığı bunca üzüntüye rağmen inandığı davası uğuruna Rus öğrencilerinin ruhsuzluklarına yeni bir ruh olabilmek için yollara düşmüştü.

-Bu senin için zor olmadı mı? diye sormuştum.

-Eşim Afrika'da açılan okullar birine giderken rahmetli oldu, diye açıklamaya başlamıştı. Onu rüyamda görmüştüm. O özlem dolu gözlerle bana şunları söylemişti:

"Seni çok sevdim, sana hasret gidiyorum. Ahirette bu hasretliği yaşamamak için ömrünü hizmete feda et ki, ahirette hasretlik son bulsun."

Bu mesajı alınca ağabeylere yalvardım. Beni de gönderin bir yere, dedim. Ben hayatımı bu eğitim seferberliğine adayayım ki, Rabbim de o çocukların duası hürmetine sevdamızı ahirette cennetle taçlandırsın.

Yüzünde onurun, iffetin, arın ve dürüstlüğün dalgaları oynaşan genç hanımın bu ideali beni küçültmüş, yerlere geçirmişti.

Demek ki, Allah'ın adını, Kur'an sevdasını, Efendimizin (a.s.m.) mesajlarını dünyada dalgalandırmak için öyle fedakârlıklar yapılıyordu ki, gencecik ömürlerini, sevdalarını, aşklarını ve maddi imkânlarını seferber etmişlerdi.

Yeni bir Afganistan, yeni bir Irak ve yeni bir Filistin dramı ortaya çıkmaması için, yalnız Anadolu'da değil, dünyanın her köşesinde okullar açarak, eğitim faaliyetleri yürüten bu idealist kuşak, inançlı bir nesil yetiştirmek için binlerce can ve hayatı ortaya koymuştu.

Bu kervana destek olmak, içinde yer alarak en azından bu Allah dostlarını sevmek lütfunu Rabbim bizlere de bahşettiği için çok şükretmemiz lazımdı.

-Aileniz ne iş yapar? diye sordum.

-Ailem Hristiyan, dedi. Benim İslam'ı tanımama, kapanmama ve bu hizmette yer almama rahmetli eşim vesile olmuştu.

Bu hayat öyküsü ibretli olmalıydı. Ben de kendime dersler çıkarmak için sormaya devam etmiştim.

-Bu nasıl oldu? dedim. Aileniz kolay izin verdi mi?

-Ailemi ikna etmek için bütün çareleri denedik ama razı olmadılar. Ben de eşimi seçip yanlarından ayrıldım.

-Yani anne ve babanızı terk edecek kadar bir sevda öyle mi?

-Annemi ve babamı terk etmek için değil, İslâm'ın güzelliklerden ayrılmamak için evi terk ettim.

Adını Kübra olarak değiştiren genç hanımın gözlerinden akan yaşlar bir anda sele dönüşmüştü. Kalbi pır pır uçarak anlatıyordu:

-Eşim okulun en zeki ve gözde öğrencisiydi. Hukuk Fakültesini birincilikle bitirmişti.

Davranışı, yaşantısı, beyefendiliği beni çok etkilemişti. Hiçbir kıza asla dönüp bakmazdı. Konuşurken de gözlerini yana çevirir, başını önüne eğerdi.

Bunun nedenini araştırınca kuvvetli bir Allah aşkı ile sarsılmaz bir iman ehli, dindar bir Müslüman olduğunu anlamıştım.

Kendisine ilgi duyduğum için taşıdığı inancı da merak ettim. Rabbim lütfetti, eşimin vesilesiyle Müslüman olup iman güzellikleriyle müşerref oldum.

İçimden derin bir "şükür" çektim.

-Tam bizim öykümüz, dedim.

Demek ki, bu hizmetin, bu davanın insanları önce iffet imtihanından başarıyla geçip Rabbimin sevdiği kullarının makamına yükseltiliyordu...

Kübra Hanım'ın imtihanı ve fedakârlığı beni çok etkilemişti.

## ETİMİ KEMİĞİMDEN AYIRAN BİR SÜRPRİZ...

Havaalanına iner inmez bir taksiye atlayarak okula gitmiştik.

Mustafa'ya sürpriz yapmak için, hangi gün geleceğimi söylememiştim. Bu yüzden de heyecanımdan zangır zangır titriyor, onunla ilk karşılaştığımda ne yapacağımın planlarını kuruyordum.

Bizi okulun müdür yardımcısı karşıladı. Benzi soluk, gözleri nemli, yüzünden zerre zerre hüzün akıyordu.

Halini görünce bir anda panik oldum. Bir açıklama yapması için gözlerimi, gözlerinden ayırmıyordum.

-Siz İlkay Hanım olmalısınız, dedi benim bu merakımı fark ederek.

-Evet, dedim korku ve telaş içinde.

-Sizin için nişan töreni hazırlamıştık. Siz okula gelince bu törenle karşılanacaktınız. Yani sizi çok seven Mustafa Bey size güzel bir sürpriz hazırlamıştı.

-Eee, ne oldu?

Başını öne eğdi, bir çocuk gibi hıçkırmaya başladı:

-Ağabeyimizi, babamızı, hâmimizi, rehberimizi ve şevk kaynağımızı yitirdik.

Ağzımı alabildiğine açarak, bütün şaşkınlığımı bir kelimeye sığdırmak istercesine haykırmıştım:

-Yani?

-Korkmayın, dedi. Kötü bir şey yok... Yalnız...

Birden sustu.

-Ne oldu Allah aşkına, diye abandım genç müdür yardımcısına doğru.

-Biz de anlayamadık. Günlerdir sizin yolunuzu bekleyerek hazırlık yapmıştı. Dün akşam ani bir kararla Medine'ye uçtu. Sebebini bir türlü açıklamadı. Ama halinden sanki bir ölüm korkusu seziliyordu. Oraya, dönmek için gitmediği belliydi. Gaybi bir işaret almış olmalı ki bu kadar acele etti.

Beynime giren uyuşturucu bir acı bütün vücudumu zerre zerre yakarak, beni boş bir çuval gibi yere yıkmıştı.

Hiçbir şeyi duymuyor, görmüyor ve düşünemiyordum. Gittikçe zihnimde oluşan duygular kalbimi sıkmaya, nefesimi kesmeye başladı.

Bir anda etrafımdaki her şeyin döndüğünü hissettim. Bu öylesine bir dönüştü ki, tam ortaya açılan karanlık bir çukura doğru hızla yuvarlanmaya başlamıştım. Ondan sonrasını da hatırlamıyorum.

Gözlerimi açtığımda bir ranzaya uzanmıştım ve başımda okulun bayan öğretmenleri pervane olmuşlardı. Hele Kübra Hanım çırpınıp duruyordu.

Kendime gelir gelmez fırladım ayağa... Artık bir saniye bile kaybedecek vaktim yoktu. Son nefesinde de olsa ona yetişip dünya gözüyle görmek istiyordum.

İçimi yakan bir hasret acısıyla yollara düştüm. Nereden, nasıl bulacağımı hiç düşünmeden birkaç gün sonra kendimi Medine'de bulmuştum.

Efendimizin (a.s.m.) havasını soluduğu o huzur iklimine adım atar atmaz, doğru Peygamberimizin huzuruna koşup makamında diz çöktüm.

-Efendim (a.s.m.), ben seni çok seven günahkar bir ümmetinim, dedim. Senin aşığın olan Mustafa adında bir ümmetini arıyorum. Ne olur bize şefaat et.

Ömrümde kendimi bu kadar paraladığımı, bu kadar yandığımı ve bu kadar gözyaşı döktüğümü hatırlamıyordum. Yüreğimi parçalayan, beynimi kaynatan bu acıyla kaç vakit namaz geçtiğini bile bilmiyordum.

Efendimizin (a.s.m.) huzurunda kendime geldiğimde, yaşlı bir kadın beni yerden kaldırmaya çalışıyordu.

Otele geldiğimde aklım tam bir savaş meydanı gibiydi. Nereden başlayacağımı, ne yapacağımı, nerelere gidip soracağımı bilemiyordum.

Bildiğim tek bir şey varsa, zamanın çok kısaldığı ve mutlaka Mustafa'yı bulmam gerektiğiydi.

## YA ÖLMÜŞSE...

O geceyi sabah namazına kadar seccademin başında Rabbime yalvararak geçirmiştim.

-Mustafa'ya malum olsun Rabbim, dedim. Onu aradığım, onun için yandığım, buralara onu görmeye geldiğim... Onu çıkar karşıma da yüreğimin dayanılmaz acısını bitir Allah'ım...

Ne olur onu benimle buluşturmadan gönderme. Ne olur, beni ona nasip etmeden ömrünü bitirme... Bir yanda onun acısı, bir yanda da peşime düşenlerin korkusu arasında beni bırakma.

Ömür boyu "Ben Mustafa'nın sözlüsüyüm" diyerek bu onurla yaşayayım ne olur. Şu günahkâr kulunun bu son isteğini çok görme Mevla'm!

Sabah ezanlarıyla birlikte iki büklüm sığındığım seccademden kalkarak, bir umutla yine Mescid-i Nebevi'ye koşmuştum.

Erkekler girişinde uzaktan girenleri gözledim bir müddet. Ama Mustafa'dan eser yoktu.

"Allah korusun" diye içimden geçirdim "Allah korusun". Düşünmesi bile ürpertiyordu beni.

Kuşluk vaktine kadar başımı yere koydum, kalbimi Rabbime verdim, gönlümü Mustafa'ya yolladım. Ama yine bir haber çıkmamıştı.

Kararlıydım, ölüsünü veya dirisini bulmadan buralarda ayrılmam mümkün değildi.

Mescitten ayrılıp ömrünü Efendimizin (a.s.m.) yanında kahramancasına geçirmiş olan sahabelerin mezarlarına gittim, onlardan şefaat istemeye başladım. Öylesine kendimden geçmiştim ki hıçkırıklarımı, feryatlarımı duyan bana dönüyor, merhamet dolu gözlerle halime acıyorlardı.

Ne kadar hesaplaştım kendi duygularımla bilmiyorum. Ne kadar yalvardım cennetle müjdelenen o mübareklerin şefaati için onu da hatırlamıyorum.

Tam toparlanıp kalkmaya niyet etmiştim ki, ölmüş dünyama bir anda can veren o ses duyuldu:

-İlkay Hanım!

-Mustafa, diye bağırdım sesin nereden geldiğini bile bilemeden. Kurbanı olduğum, neredesin?

Nurdan bir sütun gibi karşımda duran, pırıl pırıl siması ve insanı derinden etkileyen mütebbessim yüzüyle bana bakıyordu.

Allah'ım!

Mustafa, bir anda bütün damarlarımda, bütün kanımda, bütün benliğimde gezinmeye, kâinatın en değerli müjdesiyle yüreğimde ses vermeye başlamıştı.

Kendimi parçalarcasına kollarımı açtım, aklı uçmuş bir insan gibi üzerine atıldım.

Kendisini nezaketle geri çekerek;

-Affedersiniz Ilkay Hanım, dedi. Biliyorsun ki biz henüz nikâhlı değiliz.

Duymuyordum...

Hiçbir şey duymuyordum.

Bütün zerrelerime yerleşen bu sevdamdan başka hiçbir şey görmüyordum.

Saatlerce beni teskin etmeye, beni yatıştırmaya, beni kendime getirmeye çalışmıştı.

-Neden aniden buralara kadar geldin? diye sordum korku içinde...

-Nikâhımıza Efendimiz (a.s.m.) şahit olsun diye düşündüm, dedi derin bir tefekkür içinde. Eğer bu dünyada bu evlilik nasip olmazsa, ahirette yine şahidimiz Âlemlerin Efendisi (a.s.m.) olsun istedim.

Beni fazla heyecanlandırmamak için;

-Sen Hifa ve Süheyb'in hikâyesini okudun mu? diye sordu

-Hem de her harfini içime kazıyarak.

-Ben Süheyb olmaya razıyım, sen de Hifa'm olur musun?

Uçtum sevincimden uçtum... Bu müjdeyi duymak için değil bir can, binlerce canımı feda etmeye hazırdım.

-Yeter ki sana ait olduğumu bileyim, bin kez kurban olmaya hazırım.

O gece Efendimizin (a.s.m.) manevi şahitliği altında nikâhımız kıyıldı. Benim için hazırlanmış olan mütevazı eve gitmiştik.

Benim coşkumdan, sevincimden elim ayağıma dolaşıyor, ne dediğimi, ne yaptığımı bilemiyordum.

-Bugün benim için hayaller ötesiydi, diye yalvardım Mustafa'ya. Ne olur bir kusur işlersem beni affet.

-Ben senin kusurunu aramak için evlenmedim, diye atıldı insanın içine cennet huzuru saçan o sevgisiyle.

Efendimizin (a.s.m.) manevi emriyle buralara geldim ve O'nun manevi emriyle nikâhımızı kıydım. Sen artık O'nun manevi emanetisin benim için... Ben senin kusurunu nasıl ararım?

Allah'ım! Allah'ım! Al şu canımı da bundan sonra bana kusur işletme...

Kucağına attım kendimi...

Artık ağlamak vakti gelmişti. Buna sevinç gözyaşları derlerdi.

-Rabbim layık et, diye yalvardım saatlerce ağlayarak... Layık et.

## İLK GECEMİZDE HİFA HATUN OLMAYA SÖZ VERMİŞTİM...

Mutluluktan şaşkına döndüğüm, aklımı yitirdiğim, kendimi unuttuğum ilk gece...

-Rabbim bizlere bu günü nasip ettiyse, biz de Hifa ve Süheyb gibi yapmalıyız, dedi Mustafa.

Biliyorsun ki Süheyb, fakir ve kimsesiz haline rağmen güzelliği ve zenginliğiyle dillere destan olan Hifa Hatun'la evlenmişti.

Süheyb'in ilk gece söylediklerini unutamıyorum.

Mustafa'nın bir anda gözleri doldu, dudakları titremeye başlamıştı.

- Ya Hifa, demişti Süheyb. Biliyor musun, bu nimetlere karşı benim şükretmem, senin de sabretmen lazım. İster misin şu geceyi ibadetle geçirelim. Zira Efendimiz (a.s.m.) "Cennette yüksek bir çardak vardır. Orada yalnız şükredenlerle sabredenler otururlar." buyurmuşlardır.

Mustafa'nın hıçkırıkları gittikçe artarak, kendisini kaybedercesine sarsılmaya başlamıştı.

Bu hazin öyküyü hem anlatıyor, hem de ağlıyordu:

- Ve öyle de yapmışlardı. Seccadelerini gözyaşları ile ıslatarak, kalplerini zikir ile aydınlatmışlardı.

Cebrail Aleyhisselam olup biteni Resulullah Efendimize (a.s.m.) anlatmış, onları Yüce Allah'ın cennetle müjdelediğini söylemişti.

Bunu duyan Süheyb derhal secdeye kapanarak;

-Ya Rabbi! diye yalvarmıştı... O ki beni affettin, o zaman günahlara bulaşmadan canımı al! diye secdeye kapanmıştı.

Ruhundaki iman öylesine coşmuştu ki, Yüce Mevla bu dileğini kabul ederek, daha secdedeyken ruhunu teslim almıştı.

Mescitte bulunan sahabeler büyük bir şaşkınlık içinde gözyaşı dökmüşlerdi.

Ama Efendimiz (a.s.m.) tarihlere geçen asıl ibretli hadiseyi bunun ardından vermişti;

-Size daha şaşılacak bir şey söyleyeyim mi? demişti bu olayın şaşkınlığı içinde secdeye kapanan Müslümanlara.

Şu anda Hifa Hatun da ruhunu Hakk'a teslim etti.

Birinin mezar taşına "Şükredenlerden Süheyb", öbürüne de "Sabredenlerden Hifa" yazmışlardı.

Gözlerinden yağmur gibi yaşlar inen Mustafa daha fazla dayanamayarak, kendisini secdeye atmıştı. Sesinin çıktığı kadar;

-Ya Rabbim! Beni de Süheyb kıl, diye kendini yırtarcasına göğsünü yerlere sürüyordu.

Ağlamaktan kızarmış kan çanağına dönmüş gözlerini bana çevirerek;

-Elbette ki sen Hifa, ben de Süheyb olamam. Ama hiç değilse onların yolundan gitme şerefine nail olmalıyız.

## SECDEDE SON NEFES

Biz de öyle yapmıştık.

İkimiz de sabaha kadar şükür namazları kılıp Rabbimizi tesbih etmiştik. Sonra da Mescid-i Nebevi'ye gidip sabah namazının o manevi iklimine dalmıştık.

Namazın ardından bir an önce evimize gidip Mustafa'yla baş başa kalmak için sabırsızlanıyordum. Ama o bir türlü gelmemişti.

Öğlene doğru evlilik, aşk ve sevda konusunda kendisine Süheyb'i örnek alan Mustafa'nın, Efendimizin (a.s.m.) manevi huzurunda, şükür gözyaşlarıyla ruhunu teslim ettiğini öğrenmiştim.

Bu haberi aldığımda, kâinat başıma uçmuş; vücudum, ruhumdan koparak bedenimi cansız bırakan bir hançer gibi saplanmıştı kalbime...

Başı koparılan bir hayvanın can havliyle çırpınışları neyse, benim de ebedi sevdamdan ayrılışımın acısı oydu.

Secdede son nefesini veren Mustafa'nın eriştiği manevi iklimlerden beni de mahrum etmemesi için Efendimizi (a.s.m.) şefaatçi kılarak, Rabbime el açtım, başımı saatlerce secdeden kaldırmadan yalvardım.

Efendimizin (a.s.m.) manevi huzurunda secdede ruhunu teslim etmek şerefi, acaba hangi makam, hangi para ve hangi şöhretle ölçülürdü? Hangi diploma, hangi kariyer buna erişebilirdi?

O, Rabbini çok sevmişti, Rabbim de onun ruhunu en makbul yerde alıp cennet bahçelerine uçurmuştu.

Mustafa'nın eli elime değmeden gerçek bir Süheyb olarak gitmişti, ebedi makamına. Ama ne yazık ki ben ona layık bir Hifa olamamıştım.

Benim tek tesellim ise, Yüce Allah'ın çok sevdiği kulunun nikâhlısı ve eşi olmamdı. O gitse de sevdası ve ismi bende kalacaktı. Onun kimliği, hayatımın en büyük bir şerefi olacaktı. Artık ömür boyu ona kavuşmanın hayaliyle yaşayacaktım.

Günlerim ya Mustafa'nın defnedildiği mezarlıkta, ya da Efendimizin (a.s.m.) mescidinde geçiyordu.

Artık kendi kendime, bu iki dünya arasında ömrümü geçirmek için karar almıştım. Benim evim, yurdum ve dünyam burası olacaktı. Mustafa'nın yanından bir saniye bile ayrılmayacaktım.

Ama Mustafa'dan gelen mesaj her şeyi alt üst etmişti.

O gün yine Efendimizin (a.s.m.) huzuruna çıkıp yüreğimin yarasıyla kendimi kaybederek şefaat istemiştim;

-Efendimiz (a.s.m.)... Seni çok seven bir ümmetini, yanına yolladık. Onu kabul et, Rabbimin ebedi rahmeti için ona şefaatçi ol. Ben onu çok sevdim, sen de onu sev.

O gece yine sabaha kadar Mescid-i Nebevi'de Efendimizin (a.s.m.) kabri yanında yalvarıp yakarmıştım.

Sabaha doğru seccademin başında hafif dalmıştım.

Allah'ım, rüyamda gördüğüm cennet bahçesinde yine Mustafa, annesiyle birlikte kamelyada oturmuşlardı.

-Üzülme, dedi. Dünya hayatı çok kısa. Sen Rabbine teslim ol, O'nun için yaşa. Unutma O'na dayanan kazanmıştır, O'ndan ayrılan kaybetmiştir.

Yüce Allah, ömrümü çok az kıldığı için seninle evliliğe izin vermedi. Beni de dünya zevkini tattırmadan yanına alarak, cennetin zevkine layık kıldı. Evliliğin hakiki lezzetini burada tatmak için seni bekliyorum.

Unutma ki, dünyada Allah için ömür tüketip de düğünlerini yapamayanların evlilik törenini bizzat Efendimiz (a.s.m.) yapacak. Takılarımızı ve yüzüklerimizi de O takacak. Bütün cemaat ehli düğünümüze gelecek. Bu muhteşem nimet için bin kez ölsek yine de azdır. Fani bir evliliğe bedel, baki bir evlilik bizi bekliyor.

Sen memlekete dön, iman hizmetine devam et. Orası İslam âleminin kalbidir. Bu kalbin kurtulduğu gün İslam dünyası ayağa kalkacaktır. O kalpte hastalık başlarsa, İslam dünyası çöker. Hakiki hizmet oradadır. Burada kalıp kendin için çalışacağına, oraya gidip binlerce gencin iman selameti için ömür harca. Orası iman cephesi sayılır. Sana yakışan da budur.

Seni kabir kapısında bekleyeceğim.

## ARTIK YOL HARİTAM NETLEŞMİŞTİ

Artık benim yol haritam netleşmişti.

Rıza-yı ilahiye nail olmak için gece gündüz bu iman ve Kur'an hizmeti yolunda ömür tüketmeliydim. Önce Rabbime, sonra da Mustafa'ya layık olmak için Kur'an'ı kendime rehber, emirlerini de hayat programı yapmalıydım.

Canımı uğruna seve seve vermeye hazır olduğum Mustafa'yı, en sevdiği Zata emanet ederek, ülkeye dönmek için Medine'de hazırlıklara başlamıştım.

Defnedildiği yere son kez giderek nasıl bir hasret içinde olduğumu, ölene kadar bir saniye bile aklımdan çıkarmayacağımı, canımın canına, kalbimin gülüne, ruhumun ilâcına bir kez daha haykırmıştım. Bir kez daha kendimi onun mezarı başında helâk ederek, ona daha çabuk kavuşmak için Rabbime yalvarıp inlemiştim.

Memlekete gidip huzur içinde iman ve Kur'an hizmetine sarılmayı düşlerken, uçağa binmeden önce aldığım son haber beni tam anlamıyla yıkmıştı.

İtalya'nın gözlerden uzak bir beldesinde, dostlarımız tarafından korunan annem, babamın yanlışlarına kurban edilmişti.

Ah annem! Ben bu haberi bekliyordum. Sana bir zarar gelmesin diye de güya en güvenilir bir yer seçmiştim. Ama olmadı. İnsanlıktan nasibini almamış bu kan içiciler, bana göz dağı vermek için önce sana kıydılar acımasızca...

Ne kadar üzüldüm, ne kadar feryat ettim, ne kadar kendimi helak ettim bu haber üzerine Rabbim!

Dünyadaki tek umudum, tek sırdaşım ve tek arkadaşım da bana veda etmişti.

Bir tarafta Mustafa'nın, bir tarafta da annemin kayıpları, benim bütün direncimi bitirmiş, yaşayan bir cenaze haline gelmiştim.

Annemin vahşice öldürülmesinden sonra, sıranın bana geldiğini biliyordum. İtalya'nın en kuytu ve korunaklı yerinde bularak onu acımazsızca katleden bu gözü dönmüş caniler, beni de aynı akıbete uğratmak için asla peşimi bırakmayacaklardı.

Uçaktan iner inmez güvenilir dostları arayarak, havayı koklamak istemiştim. Edindiğim bilgiler karşısında amansız günlerin sıraya dizildiğini anlamıştım. Çünkü esrarengiz kılıklı kişilerin beni bulmak için çalmadıkları kapı, bakmadıkları delik kalmamıştı.

Artık her yanıma ölüm tuzaklarının kurulduğunu; etrafımı intikam çılgınlığıyla eli silahlı insanların kuşattığını çok iyi biliyordum. Kısacası, bani kanlı bir törenle karşılamak için her şey hazırdı.

Beni demir bir mengene gibi avuçlarına alıp ölesiye sıkmaya başlayan bu korkutucu ortamda ne yapacağımı, nereye gideceğimi ve kime sığınacağımı düşünürken, kaldığım otelde telefonlaştığım bir arkadaşımın bana ilettiği bir not, bir anda her şeyin seyrini değiştirmişti.

En sevdiğim dostlarımdan birisini arayan Melek kız ve annesi beni çok merak ettiklerini, gelir gelmez de kendilerini ziyaret etmemi istemişlerdi.

Bana hayatımın en büyük dersini veren bu ana kızın, en zor durumda olduğum bir anda ulaşan mesajları, bir kere daha beni en büyük koruyucunun Rabbim olduğu gerçeğine yöneltmişti.

Kendilerine temin ettiğimiz yeni evlerinde, bu iki pak ruhlu insanla karşılaşınca sevinç ve mutluluktan her şeyi unutmuştum.

Beynimi tırmalayan kuşkular, selin önündeki kütükler gibi bir anda silinip süpürülürken bana da huzur dolu bir dünyanın kapıları açılmıştı.

Ebedi bir hasretin ve dostluğun sıcaklığı içinde;

-Kurban olduğum hoş geldin, seni ne kadar da merak ettik, diyerek yatağında takatsiz bir şekilde yatan bu pırıl pırıl hanım, beni kucağına basıp, içten bir anne şefkatiyle öpüp koklamıştı.

Hele Melek kızın insanı duygu seline kaptıran o sevgisi yok mu Rabbim!

Dünya derdi umurunda olmayan bu iki insanın ummanlar gibi hudutsuz yüreklerine öyle bir dalmıştım ki, hiç kimsenin beni burada ne bulmalarına, ne de el sürmelerine imkân yoktu.

-Kardeşim korkma, dedi Melek'in annesi. Allah'ın izni olmadan senin canına kimse kıyamaz. Ama Rabbim ömrünü bitirmeyi istediği zaman da, bütün insanlık bir araya gelse yine de sonucu değiştiremez.

İçimi okuyordu. Sanki yaşadıklarımı adım adım takip etmişti.

-Burada emniyettesin artık. Bizi öldürmeleri, onların intiharları olur. Çünkü Rabbim, korumasız ve çaresiz kullarını kimseye bırakmaz, bizzat kendisi korur.

Feri sönmüş bakışlarını çok ötelere çevirerek, gizemli bir sahneyi anlatır gibi bir anda duygu seline boğulmuştu.

-Kardeşim, dedi. Biliyor musun sana çok gıpta ettim.

-Estağfurullah, diye atıldım cansız ellerine. Ben kimim ki bana gıpta ediyorsun? Ben günahkâr bir kulum, o kadar.

-Hele Mustafa kardeşime çok imrendim, çok ağladım, Rabbim benim de nefesimi secdedeyken al, diye. Ama bende nerde öyle bir iman?

Yeniden deşilmişti yaralarım, yeniden alevlenmişti yüreğimdeki hasret ateşi.

-Anneniz de beni çok etkilemişti, diye devam etti hiç beklemediğim bir anda.

Annemle ilgili neler bildiğini merak ederek, bakışlarımı büyük bir şaşkınlık içinde gözlerine dikmiştim. Çünkü annemin katli konusu hâlâ gizemini koruyordu. Doyurucu bir bilgi alamamıştım.

-Anneniz, babanızın ölümünün ardından öyle bir iman etmişti ki, eğer o iman dağılsa benim gibi yüzlerce insana yeterdi.

Öylesine bir hayret içindeydim ki... Bütün bunları nereden biliyordu?

-Hele son anı görülmeye değerdi, diye devam etti.

Artık nefesimi tutarak, hiçbir şey sormadan anlatmaya başladığı esrarlı olaylara kendimi kilitlemiştim.

-O da Mustafa gibi son nefesini secdede verdi. Onu katiller vefat ettikten sonra buldular. Cesedine yağdırdıkları kurşun ise, cennetteki makamını yükseltti.

Allah'ım! Bu seni çok seven kulun neler diyordu?

Yıllardır ölüm döşeğinde, Allah kelamından başka bir şey bilmeyen bu aziz insanın gözü, gönlü açık, sanki olup bitenleri bir film gibi izliyordu.

Medine'de, birkaç kez Peygamber (a.s.m.) Mescidi'nde kendisini görmüştüm. Ama ayağa kalkamayan bir insanın buralarda olmasına ihtimal vermediğim için, her halde benzettim diyerek üzerinde durmamıştım.

Şimdi her şeyi daha iyi anlıyordum.

Vücudu yatağa mahkûmdu ama gönlü ve ruhu kâinatın en derin sırlarının içinde geziyor, Rabbimin çok özel ikram ve ihsanlarına mahzar oluyordu.

Kaç defa yalvarmıştım Yüce Allah'a... Ömrümü sağlıklı, zengin, aklı bozulmuş ve kalbi kararmış bir insan olarak geçireceğime bu hanım gibi yatağa bağlı ana senden başka yâri olmayan bir ruhla geçirseydim diye...

Şimdi bu iki melek insanın manevi himayesi altında günlerim geçmekte, kafamda ise sürekli Mustafa'ya verdiğim sözler yankılanıp durmaktadır:

"Sen yerinde rahat uyu... Unutma ki senin bayrağını dalgalandırmaya devam edeceğim. Hatta o kadar çalışıp çırpınacağım ki, senin yapman gereken hizmeti de ben sırtlayacağım.

Müsterih ol, beni bekle..."

Gelecek vadeden pırıl pırıl öğrencilerimle dolu günlük bir programım var. Ömrümü bu şekilde tamamlamak için, her namazda Rabbime yalvarıyorum.

Şikâyetlerim üzerine başlatılan soruşturmalarda ise, bu memleketi karıştırmak isteyenler ve gençliği birbirine düşüren karanlık güçler hesap veriyor.

Ben ise her an kapımı açacak o esrarengiz misafirimi bekliyorum.

Gel... Ne olursun gel...

Önce Efendimize (a.s.m.), sonra da Mustafa'ya kavuşmak için...

Gel...

Çok bekletme, götür beni hasretlime...

Çok özledim, hem de pek çok...